The Cry

哭声

[澳]海伦·菲茨杰拉德 著
鲍诗奕 译

江苏凤凰文艺出版社
JIANGSU PHOENIX LITERATURE AND
ART PUBLISHING, LTD

图书在版编目（CIP）数据

哭声 / (澳) 海伦·菲茨杰拉德
(Helen FitzGerald) 著；鲍诗奕译. — 南京：江苏凤
凰文艺出版社，2019.9
书名原文：THE CRY
ISBN 978-7-5594-3991-8

Ⅰ.①哭… Ⅱ.①海… ②鲍… Ⅲ.①长篇小说－澳
大利亚－现代 Ⅳ.①I611.45

中国版本图书馆CIP数据核字(2019)第166173号

江苏省版权局著作权合同登记：图字10-2019-401号

书　　名　哭声

著　　者　［澳］海伦·菲茨杰拉德
译　　者　鲍诗奕
责任编辑　孙金荣
策划编辑　王安琪
特约编辑　孙　琳
责任校对　张婉宜
出版统筹　孙小野
版权支持　张晓阳　王新博
封面设计　金牘文化·车球
出版发行　江苏凤凰文艺出版社
出版社地址　南京市中央路165号，邮编：210009
出版社网址　http://www.jswenyi.com
印　　刷　三河市金元印装有限公司
开　　本　880毫米×1230毫米　1/32
印　　张　9
字　　数　193千字
版　　次　2019年9月第1版　2019年9月第1次印刷
标准书号　ISBN 978-7-5594-3991-8
定　　价　39.80元

（江苏凤凰文艺版图书凡印刷、装订错误可随时向承印厂调换）

致爸爸

我和你坐在一起时敲下了“完结”二字，

然后你就去世了。

我知道你会说什么：“我勇敢的小作家，这不是你的错。”

布赖恩·德斯蒙德·菲茨杰拉德

1925.1.27 — 2012.10.6

The

Cry

目录

Contents

PART I

意外 001

PART II
搜寻 077

The

Cry

PART III
哭声 259

PART I

意外

01

二月十三日｜乔安娜

都是机场安检的错。

在机场安检时，乔安娜九周大的男宝宝一直号哭不止。她的伴侣在忙着脱鞋。体格敦实的女安检员对她说："这些不能带上去。"

"什么？"乔安娜问。小婴儿哇哇哭闹，还不忘啮啃她的衣服。

"这些液体。瓶子容量超过一百毫升了。如果你想带超过规定量的液体上飞机，你得有证明。你有书面证明吗？"

"没有。"

"那么，我只能没收这些了。"

"你不能。这是扑热息痛——给宝宝喝的感冒糖浆，还有抗生素。我得了耳炎。而且，你看，这些瓶子都没满。"

"有什么问题吗？"阿利斯泰尔刚安检完，不及穿鞋就走过来。

“这些瓶子得拿出去。”女安检员又说了一遍。

“我早和你说过一百毫升的规定了，乔安娜。”

“有吗？”可能他是说过。她记不得了。

阿利斯泰尔从乔安娜转向女安检员，从问题转向解决方案。“我们能去个人跑到博姿买几个小一点的瓶子吗？”

“嗯，行，可以是可以，不过你得重新排队安检。”

“我去吧，”乔安娜提出来，“你抱着诺亚先进去。”

她将孩子递给阿利斯泰尔，沿着蜿蜒原路折回。

都是机场安检的错。

如果乔安娜没有折回去，如果她没有去博姿买了两只一百毫升的透明小瓶子，如果她没有跪在 W.H. 史密斯店门前的台阶上装药，如果她没有忍受着涨奶煎熬重新排一小时队——如果她不曾做其中任何一件事，她就不会失去她的孩子。

飞往墨尔本全程要二十一个小时。最开始的七小时——从格拉斯哥飞往迪拜——是最惨烈的。诺亚全程号啕大哭。乔安娜不记得他有停过一分钟。其中五小时，乔安娜试了所有该做的事，按部就班。

第一轮。从格拉斯哥起飞一小时后。

飞机划过北海[1]上空。阿利斯泰尔看电影看得放声大笑，乔安娜特别想踢他一脚。

---

[1] 北海（North Sea），大西洋东北部的边缘海。——编者注

饿了吗？乔安娜把诺亚的头摁到胸上——也许贴太紧了？他是在故意又咬又拧吗？他刚是打了我一拳？

尿了吗？乔安娜伸手进去摸了摸尿布。还好，是干净的，要不然她该摸一手便便了。

无聊吗？他蹂躏起睡衣香蕉人[1]玩偶的时候，眼神都变邪恶了。

累了吗？开什么玩笑。九周大的诺亚就像怒气冲冲的小牛犊，精力旺盛到把自己从扣在舱壁上的婴儿篮里折腾翻了出去。还好她及时接住了他。

第二轮。从格拉斯哥起飞三小时后。

飞机飞过德国上空。阿利斯泰尔睡着了。

饿了吗？哇啊。

尿了吗？哇啊。

无聊吗？哇啊啊。

累了吗？你算什么妈妈呀？

她遵循这套流程，试了一遍又一遍。第三轮。第四轮。第五轮。如此循环往复。按照母乳喂养小组的妈妈们教她的那样。

“他正试着用他美丽的小嗓音和你交流呢，”其中一个妈妈说道，“你只需要倾听就可以。”

“这真不是什么晦涩难懂的科学，”另一个妈妈说道，“他多可爱啊！小粉花瓣。”

---

[1] 睡衣香蕉人（*Bananas In Pajamas*），一部澳大利亚儿童动画。——编者注

她讨厌母乳喂养小组的那些妈妈。

那她讨厌诺亚吗?

所以他才走了?

第二个小时里，阿利斯泰尔抱着诺亚在过道来回走了两次。引人瞩目。人们都对他报以微笑，说着:“哦，真贴心，他一定累了。”还有人想替他抱一会儿孩子。可怜的家伙。新好男人。光芒万丈的英雄。他怎么娶了个这么不中用的女人做孩子妈呢?第二个小时，他一共走了四十英尺，随即将诺亚递还给她，径自坐下开始吃午餐。饭菜很合胃口，他吃得很开怀。配上红酒，酒足饭饱，没等空姐撤下盘子，他就已经睡着了。

乔安娜还水米未进，更别提喝酒了。如果可以，她想来杯酒。不过，哺乳期妈妈要是胆敢喝酒，一定会被人们用眼神杀死的。

阿利斯泰尔已经酣然入梦，大脑袋枕着鲜绿的充气枕头，舒适而惬意。诺亚也继承了他的大脑袋(这点真是太好了，阿利斯泰尔)。熟睡中的他看上去真美。当然他无时无刻不是美的。投票站里初见，乔安娜就为他明星般的美貌目眩神迷。在格拉斯哥，你可见不到这样的帅哥。他那头深棕色的头发永远保持着完美形状，似乱非乱，在睡梦里也纹丝不动。挺直的发丝遮住了发量稀疏的后脑勺，让他看起来远比实际的四十一岁要年轻。

他怎么睡得着?诺亚的哭声已经完全盖过了引擎声和空调声。大家纷纷戴上耳机，把音量调到了最大，并且不时对乔安娜侧目以视，眼神里写满控诉:你孩子怎么回事啊?真倒霉，怎么就……怎么就坐在了你旁边?等飞机一落地，人们就会出声埋怨:有些女人就不该怀孕。

乔安娜将这些目光一一接收，它们汇作一点一滴的愤怒在心中蠢蠢欲动。耳炎早已控制了她的后脑与脖颈，剧烈的疼痛让她战栗且歇斯底里，她的理智几乎要化为乌有。如果她放下诺亚去行李包里拿安乃近止痛片和抗生素，诺亚很可能会哭闹得更厉害，人们对她的意见就要更大了，她暂时还不想冒这个险。

乔安娜在网上查到，“阿联酋航空的乘务员可喜欢小孩子了。”喜欢？他们根本就是一群苛刻的贱人，对小孩子深恶痛绝。尤其是那个留亮红色波波头的女人，她应该有四十岁了，头发用心染过，梳得一丝不乱，却没能掩住发根处那几毫米白发；穿L码衣服的躯体被束缚在收腹内裤和垫胸内衣里，脸上糊了过多粉底。如果你留了长指甲，愿意伸手去刮一下，就能从她下巴上刮下一小撮粉来。乔安娜猜，她应该快退休了，还死扒着一份年轻女孩的工作不放不过是为了继续过体面日子，却不足以让她觉得有温和待人的必要。当乔安娜抱着诺亚在过道里来来回回，徒劳地轻摇细哄，希望他可以消停点时，那个女人撤走了她一口没动的饭。当乔安娜向她再要一条热毛巾擦诺亚吐在她肩上的奶时，她虽然说了“好的，当然可以”，却并没有送来。这个女人讨厌乔安娜，讨厌诺亚。

飞机上的每个人都讨厌他们母子，可能连飞行员也是，他们肯定远在驾驶舱都听到了诺亚的哭喊。他们可能都听不到无线电了。他们可能在想让飞机坠毁算了，这样就听不到闹心的声音了。

和猫叫春的声音不一样，婴儿的哭闹没有那么多间断。

也不像恐怖电影里的尖叫。尖叫声要好听多了。乔安娜有时会把自己锁进卫生间，然后这样尖叫。这是她自我放松的一种方式，母乳喂养小组的其他妈妈是这样建议的。也许她们说的自我放松并非指把自己关在卫生间里学恐怖电影里的尖叫，不过，自从生了诺亚之后，她一直都是这么做的。

当然也不是屠宰场里杀猪的叫声。乔安娜在探索频道的纪录片里见过杀猪。叫得悦耳多了，那些猪。

乔安娜没法儿描述诺亚的哭声。她只知道，他就没停下来过，他必须得停下来。

别的孩子可没哭成诺亚这样。和她同舱的两个小婴儿，他们连吭都不吭一声。两个孩子的妈妈看上去轻松愉快，看得出来她们很爱自己的孩子，也很爱孩子的父亲。或许是因为孩子父亲没有在睡觉。

是的，阿利斯泰尔还在睡觉。

别哭了！诺亚！

她不想吵醒阿利斯泰尔，不然倒霉的还是她。

阿利斯泰尔总能睡得着。每天晚上，他在午夜左右准时上床，头沾上枕头不到十分钟，立马甜美入梦。最让乔安娜意外的是，他没有一次，没有一次，被诺亚的哭声吵醒，然后爬起来去哄他过。可能他就是在装睡，真是聪明，浑蛋。

现在，飞往迪拜的七小时旅程已过去四小时，乔安娜看着阿利斯泰尔半张的嘴，考虑要不要把枕头压在那张漂亮脸蛋上闷死他。

啊，她不是真的在脑内排演这一幕。不，不。她只是太累了。她已经连着九周都没有睡超过三小时了。而且，她脖子疼得要炸了，她现在急需安乃近和抗生素。乔安娜右手抱着诺亚，站起身来打开头顶的行李架，有只包掉出来砸在了邻座一位老太太腿上。

“噢！”老太太痛呼，揉了揉她瘦弱的腿。

“哦，该死，对不起。”乔安娜说道。

“我没事，真的。”老太太停下手，朝她笑了笑。

乔安娜内疚极了。她不该说“该死”的。“抱歉说了脏话，给我吧，我把它放回去。”

“不，不，你哪儿有手闲出来。”老太太站起来，托起包，颤颤巍巍放回了行李架上。老太太边上的女人朝乔安娜翻了个白眼，像是在说：讨人嫌也就算了，现在居然还让一个老人家帮你抬行李！

“你检查尿布了吗？”被砸中的老太太问。

“呃。我之前有看过。我正要去拿——”

“也许你应该摸一摸尿布？”那女人轻嗤一声。

哦，天哪，她把流程给忘了。她已经有好一会儿没按步骤来了，笨蛋乔安娜。她举起诺亚，闻了闻他的屁屁。老太太和邻座的乘客齐齐皱眉。啊呀，她不该在那么多人面前凑过去闻诺亚的屁屁。乔安娜已经忘了公共场合的行为礼仪了。

诺亚臭了。诺亚脏了。所以他才一直哭！

“你说对了！”乔安娜给了那个女人一个无比灿烂的笑容。哈利路亚！

乔安娜把诺亚放进婴儿篮，将一号行李箱放回头顶的行李架（一只黑色行李箱，里面装着药、便携式洗浴用品、牙刷，还有阿利斯泰尔的书。从格拉斯哥飞往墨尔本的冗长旅途里，阿利斯泰尔很可能会读完三本书）。然后抽出二号行李袋（一只蓝色香肠袋，里面装着诺亚的尿布、诺亚的纸巾、诺亚的屁屁霜、诺亚的换洗衣服、诺亚的毯子、诺亚不喜欢的玩具），跑向厕所。

厕所位于这段机舱的前部。一扇门上明晃晃标示着母婴专用。里面有人。

她的孩子臭烘烘的。

而且还在尖声哭叫。

连续飞了五个小时，人们早已疲惫不堪，机舱灯都灭掉了。英国现在已时近午夜。站在乔安娜前面排队的四个人显然在刻意避免与她眼神相触。因为他们如果看乔安娜一眼，就会遏制不住地想要掐死她。

终于，厕所门开了。再过一分钟，她就可以换好尿布，整个世界会焕然一新。哭闹的源头消灭了，诺亚就会睡着，乔安娜就可以点一杯红酒。她才不管那个红色波波头的贱人会怎么想，她可以在黑暗里慢慢品酌，没有人会用谴责的眼光看着她，然后她就可以沉沉入睡。

她忘记穿鞋了。此刻她把什么都忘得一干二净，乔安娜。她忘了自己刚做过什么，也忘了接下来要做什么。厕所地面上尿液横流。乔安娜站在脏兮兮的厕所里，用小手指拨下马桶盖，拉下婴儿更衣板，她能感觉到地上的尿液在慢慢渗进她薄透的袜子，这双航空袜是让她失望透顶的阿联酋航空友情赠送的。

乔安娜用左臂压住诺亚扭动的身体，从放在肮脏水池的包里摸出一张湿纸巾。解开尿布，看见诺亚的杰作，她皱了皱脸——四个硬球。小花瓣便秘了。母乳喂养的宝宝不该便秘。也许是因为她来机场之前狼吞虎咽吃下的芝士。她吃掉了1/3包切德浓奶酪。

干啃。没有时间配着面包或饼干一起吃。无规律的饮食加上贪吃，她先前肚子疼也就不足为怪了。

乔安娜做不到一只手扶着诺亚，只用一只手包起尿布。正当她努力的时候，飞机骤降，安全带警示响起——遇上气流了。诺亚扭动了一下。四颗硬硬的婴儿便便滚到了地上。前臂压在诺亚的胸口，乔安娜从厕纸盒里抽了几张纸，迅速裹住了滚动的粪球。没什么大不了的。铲屎不过是这狗屎工作的其中一项。对她来说，捡个粪球和捡四颗麦丽素没什么差别。乔安娜包起便便放进用过的尿布里，成功把两片搭扣粘到了一起，然后把尿布塞进了满得溢出的垃圾桶。

擦干，涂屁屁，穿尿布。这是乔安娜总念叨的很多口头禅之一。如果她不对自己说一遍，她就会忘记。她会忘记给诺亚穿尿布。

乔安娜走出厕所时，排队的人更多了，她这才意识到自己特别想上厕所。她忘了上厕所。已经来不及了。她还是等别的时间再上吧。

乔安娜的耳朵生疼。她还没有吃药。计划显然赶不上变化。她很可能已经少吃两剂药了。她越过人群冷漠的队列，走向座椅。

阿利斯泰尔还在睡觉。

即便换了尿布，诺亚还是在哭。

她刚一落座，那个红色波波头的空姐就朝她走来，脸上笑容亲切。

“抱歉。”她开口道。

乔安娜满怀希望地抬头——她来帮忙了，终于。

空姐俯下身，轻言细语：“有些乘客在抱怨呢。”

“什么？”

“大家被哭声吵得心烦。”

乔安娜只觉得血冲脑门，火一下子蹿起来。“哦，是吗？是哪个人？”她猛地站起来，怀里哭喊的婴儿差点儿撞上空姐低下的头。

“坐回你的位置上，夫人。”空姐说道。

“大家好！”乔安娜说，声音响得可以传过十排座位，却没能吵醒阿利斯泰尔，“这位好心的女士刚刚告诉我说，你们有人对诺亚有意见。”

乔安娜举着孩子的姿势和失去理智的迈克尔·杰克逊把孩子举到阳台外的动作如出一辙。意识到这点，她把孩子往胸前紧了紧，继续道：“是谁？”现在，不止十排了，整个机舱的人都能听到她的质问。鸦雀无声。飞往迪拜的EK028次航班上，一出戏剧正在上演。

“不管你是谁，我知道你的感受！”乔安娜说道。

她推开试图阻止不成、面带些许惊惧的空姐，目光对上先前帮过她的那位老太太：“是你吗？”

老太太摇头。

“那么，是你？”乔安娜问坐在她后五排一个十八岁左右的小女孩，“要不你来抱一会儿？看你能不能让他安静下来？”

“还是你？”乔安娜继续往前走了两排，把孩子举在一个年约三十、西装革履的男人面前，“你想当面抱怨吗？来啊，他就在这里！”

“听着，”那个男人开口道，“你需要冷静。”

“冷静？！”乔安娜气急。

“乔安娜，宝贝，不如你把他给我，好吗？”是阿利斯泰尔的声音。空姐叫醒了他，把他带到了失控现场。

“抱歉，各位。”阿利斯泰尔向大家致歉，随后放柔放缓声音，像是在用饼干诱哄小狗一样，“好了……把他给我就好了，亲爱的。”

乔安娜几乎是把孩子扔过去给他的。

或者，她真的是扔过去的？

“她只是需要睡个好觉。”阿利斯泰尔面带笑容，大声说道。几乎所有人都回以了微笑。

光芒万丈的英雄。

乔安娜踩着臭烘烘的袜子，怒气冲冲走回座位，她英俊完美的男人和稍微消停了一点的儿子跟在后面。

“你先抱一下。”阿利斯泰尔说着，把诺亚递还给乔安娜，然后从头顶行李架上拿下装着药的箱子，打开其中一只透明药瓶尝了尝。“这不该是草莓味的吗？呃，好难喝！来吧，这能让他安静下来。”他用勺子撬开诺亚不肯配合的嘴，把透明液体灌了进去，乔安娜尽量放柔动作把流出来的药塞了回去。

阿利斯泰尔把药瓶装回箱里，又把箱子放回头顶行李架。“我想他是饿了。看，他在你怀里蹭呢。”只见诺亚张着嘴，头歪向她胸前，在找寻吃食。

乔安娜解开上衣扣子，拉低胸罩。要是以前，她还会注意在公共场合遮挡一下自己的乳房。可现在她完全不在乎了。阿利斯泰尔把孩子放到她大腿上，诺亚开始喝奶。

乔安娜胸部的胀痛得到了缓解，乳头也软了下来。随着奶液流出，乔安娜感觉舒适多了，好似裹在温暖的魔毯里随风飘荡。

机轮刚触上跑道，诺亚就睡着了。

他当然睡着了。

02

墨尔本最高法院

七月二十七日

“今年 2 月 13 日，你是否搭乘了阿联酋航空公司由格拉斯哥飞往迪拜的 EK028 次航班？”女律师面向证人席上一位六十几岁的老太太，问道。

“我是去看望老同事的，他住在斯特灵。”证人席上的老太太，埃默里女士，面上非但不见局促之色，反而还很优游自在。

“你认识被告吗？”律师手指法庭最前排、与自己律师坐在一起的乔安娜。乔安娜在过去的几个小时里已经被指指点点了无数次。那些飞来的诘难句句直插胸口，一次比一次凌厉。

“认识。”

“能告诉我你们是怎么认识的吗？”女律师一字一字大声问道。

“我是老了，可我还听得见，也不糊涂。你不用像对着半截身子入土的人一样对我说话。”埃默里女士的反驳将律师一脸的高傲抹得一干二净，“从格拉斯哥飞往迪拜的时候，我就坐在她旁边。虽然在迪拜转机的时候换了飞机，但是在迪拜飞墨尔本的飞机上，我们的座位号还是一样的，一样的位置。我坐在 18H，乔安娜带着婴儿坐在靠舱壁的位置——17H。”

“她是和她的伴侣以及宝宝一起，是吗？”

“是的。她是……她……”

“情绪失控了？”

“诱导证人！”乔安娜的律师跳出来。

女律师抱歉地笑了笑。“你能描述一下林赛女士在格拉斯哥起飞的这架飞机上的行为举止吗？”

“我正在想怎么描述才准确。那是次长途飞行，她很焦虑。她的宝宝哭个不停，没有一个人帮她。”

“她当时对婴儿动作粗暴吗？”

“反对！埃默里女士对‘粗暴’一词的定义会带有主观色彩。”乔安娜的律师没有抬头，出口的话却不知为何更加有力。

“反对无效。”法官对证人点了点头，“你可以回答问题了，埃默里女士。”

“她对宝宝怎么样？温柔，还是粗暴？”女律师变得咄咄逼人起来。

“呃……那孩子不肯安静。”

“林赛女士有对她的婴儿举止粗暴吗？”

“我不会用——”

“请回答问题。是还是不是。她对婴儿粗暴吗？”

埃默里女士看了看乔安娜，又看回逼近自己的律师。

“她对诺亚粗暴吗？她，举止，粗暴吗？”现在律师离证人的脸只有不到五英寸了。

“是。”

“你是说林赛女士对她的宝宝很粗暴。她有摇晃诺亚。”

“是，是，但是——”

“我没有其他问题了。”

03

乔安娜

二月十三日

从迪拜到墨尔本的十五个半小时旅程平安无事。他们在中转站休息了两小时后重新登机。航空公司向乔安娜保证中转休息的时候她可以拿回婴儿车，然而并没有，婴儿车在托运舱里没法儿拿出来，而迪拜机场也没有多余的婴儿车可以用。

虽然中间出了点小插曲，但这两小时时光还算美妙。乔安娜坐在咖啡店外的椅子上，凝视着臂弯里安然酣睡的宝宝。她不明白自己之前怎么就生气了，她怎么能对这么漂亮的孩子生得起气？啊，她爱他，小诺亚。

因为睡足了的缘故，阿利斯泰尔看起来容光焕发，正埋头于电脑上的工作。乔安娜最钦佩的就是他充沛的精力。从他睁开眼开始，到他重新倒回枕头的那刻，阿利斯泰尔每一天都过得充实而快乐。当乔安娜终日无所事事，沉浸在日间访谈节目和纪实类电影的小忧伤里的时候，阿利斯泰尔却活得忙碌、积极而直率。他是她颓废生活的最佳解药。

“我是个疯子。”乔安娜摩挲着阿利斯泰尔的臂膀，说道。

“我的小疯子。”阿利斯泰尔笑着啄了下她的嘴唇。

她当然是他的。自从阿利斯泰尔的妻子跑了之后，她就全身心属于他了。她可以被他抚摸臂膀，可以被他亲吻嘴唇，可以在搞不定的时候对他发飙，可以向他寻求帮助，因为他总是那么精力充沛，那么乐于去寻求解决方法。

想要证明我们会永远在一起？宝宝就是证据。

想要修水龙头？我修好了！

想要一封煽情的邮件？乔安娜，昨晚的你如此动人，是我此生所见最美的女人！我们下周末一起去阿姆斯特丹吧！

想要有人夸你是个出色的妈妈，是世界上最聪慧、最性感的女人？

“你是个疯子，却也是个出色的妈妈，是世界上最聪慧、最性感的女人。”阿利斯泰尔说着，又亲了她一下，才重新埋头工作。

在他们交往的前两年，阿利斯泰尔浪漫得简直无可救药。在被妻子亚历山德拉撞破了婚外情后，他干脆放开手大胆追求。写唯美的情书（虽然是用邮件写的），一起去阿姆斯特丹旅行，在她二十七岁生日时为她铺了满室鲜花，在几个月后边做爱边对她说：“记住这个时刻，感觉到了吗？我们在创造属于我们的孩子。”

乔安娜吻向阿利斯泰尔的肩：他是她的药剂管理人，她的器物修理员，她的快乐制造者。以后诺亚会睡着得更快，她也能睡着得更快，这样他们就能重拾头两年的那些欢笑与激情。

阿利斯泰尔正在写一篇紧急的新闻稿，事件起因是五十二岁的已婚交通部部长请一名青年工党党员在高档饭店吃饭。这本来不是什么值得登报的大事，如果这个工党支持者不是位金发美女，也没有一对 DD 号大胸,而且只有十六岁的话。乔安娜瞥了眼标题："罗斯·约翰斯通出面解释'只是与颇有前途的青年政治家的合法党内会面'。"

"你在瓦解一场风暴吗，亲爱的？"乔安娜问道。

阿利斯泰尔按下 Ctrl+S："瓦解成功。"

乔安娜头靠着阿利斯泰尔的肩膀，很快睡着了。

"该登机了。"乔安娜睁开眼，正对上阿利斯泰尔的笑脸。

"你还好吧？上一段路程简直就是噩梦。他现在好像消停了，嗯？"

"是呢。"这个孩子有着世界上最长的睫毛，还有和他父亲一样深沉如夜的头发。他以后一定会牵动万千女孩的心。

"来，你该吃你的抗生素了，"阿利斯泰尔打开瓶盖，指尖在瓶沿沾了沾，先尝了下味道，才倒了一勺给乔安娜喝，"还疼得厉害吗？"

"降落的时候很疼，现在好一点了，"乔安娜伸手抚上阿利斯泰尔的脸，"我爱你。"

"我也爱你，"阿利斯泰尔亲了亲她的额头，"这次换我来带他，好吗？等我叫你的时候你再喂他，其他的你就别管了。"

"真的吗？"乔安娜又看了眼熟睡的宝宝，被他安静的样子蛊惑，她有些不情愿让他离手那么长时间。"哦，可是……"

“没有可是。你需要休息。等我们到了波因特朗斯代尔，你挤些奶，然后我妈会把诺亚抱去她家，全天都由她来带。”

“你都安排好了？”想想——有时间睡觉、吃饭、上厕所，可以配着饼干吃芝士，还有时间散步、做爱……

“我两周前就和妈妈商量好了。”阿利斯泰尔说道。

这就是阿利斯泰尔：什么都想在她前面，无微不至地照顾她，把所有事情都安排妥帖。有时候，乔安娜会掐自己一下。这是真的吗？他真的属于自己了吗？

从迪拜到墨尔本的前半程，乔安娜基本没有印象了。开始的八个小时她一直在睡觉，中间只有阿利斯泰尔轻轻叫醒她给孩子喂奶时才醒了两回。这是诺亚出生以来她睡过最好的觉了。

有什么东西在锯她的耳朵。哦天哪，别，别是又来了。每天似乎都是这样的，每晚、每分钟，都是这样，不会有丝毫不同。这就是她现在的生活，直到她死的那天。

哭声是从机舱后方传来的。乔安娜转头，看见阿利斯泰尔正抱着诺亚排队上厕所，手里拿着尿布和湿纸巾。她穿上运动鞋，朝他们走去。

“把他给我吧。”乔安娜说道。

“完全不用。他没事，只是尿布脏了。”

厕所门打开，上架飞机上与乔安娜发生口角的那个男人走了出来，一见乔安娜就皱起眉。他全程都穿着同一套西装，衣服到现在也纤尘不染。幸运的家伙。乔安娜的衣服上斑斑点点全是污渍。

“回位置上休息！”阿利斯泰尔说道。

“我不能先上个厕所吗？”

“嗯，好吧。”

把自己锁进小隔间，乔安娜独自懊恼。阿利斯泰尔已经带了八小时孩子，比她上一程带孩子的时间长多了，可他心情还是很好，还可以继续，也很乐意继续。他比自己能干太多了。为什么她觉得小宝宝这么难带呢？那些母乳喂养小组的贱人说得对：这不是什么晦涩难懂的科学。

上完厕所，乔安娜听从阿利斯泰尔的贴心建议回到位置上，却怎么也睡不着。耳朵疼得要命，诺亚还越哭越大声，越哭越揪心。换尿布并没有什么用。

“你睡一会儿吧，亲爱的，”她忍不住对阿利斯泰尔说，“你都跑完一场马拉松了，你真棒。我已经睡饱了——我可以的，真的。”

“你确定？”

“真的，我没事。”

阿利斯泰尔把孩子交给她，不到十分钟就睡着了。

接下来的三小时，乔安娜不断循环流程，一遍一遍又一遍。尿了吗？无聊吗？累了吗？饿了吗？尿了吗？无聊吗？累了吗？饿了吗？

她试了一次性奶嘴，虽然诺亚不喜欢，她还是放进了行李里以免他改变主意。

尿了吗？无聊吗？累了吗？饿了吗？

她试了散步、轻晃、唱歌、轻哼、挠痒、按摩。

尿了吗？无聊吗？累了吗？饿了吗？

那种目光又来了。人们开始不耐烦起来。一位年轻的空姐对她怒目相向。

这次她不会输了，她能应付好。

不过，也许她需要一点点帮助。寻求一点小小的帮助完全没有问题吧。

把感冒糖浆灌进他嘴里不是什么容易事。乔安娜把诺亚放在腿上，让他的头枕在她左臂臂弯里，打开瓶盖，斟满一勺，让他的脑袋往后仰，然后用手指轻轻撬开他的嘴。诺亚扭动着不肯让勺子接近嘴巴——一些液体顺着下巴流到了鲜红的围嘴上，他手一推，一大滴药渗进了乔安娜曾经雪白的衬衣上，加入了之前的斑斑点点。

她把药放回了黑色箱子，然后把沾了药的围嘴塞进了箱子的外袋，把箱子放回行李架，坐了回去。

诺亚肯定还是咽了些药下去的，因为不到半小时，他就在她腿上睡着了。几分钟后，乔安娜也闭上了眼。

乔安娜再醒过来的时候，阿利斯泰尔正坐在她旁边看书，诺亚裹得严严实实睡在他腿上，系着婴儿专用安全带准备降落。他们正在向着墨尔本降落，这座城市在她脚下延展开来。她可以看到远处林火肆虐，风烟滚滚。

大学毕业后，乔安娜周游过欧洲很多地方。因为职业是教师，每年一放暑假，她就会去西班牙、意大利或者法国游玩，可她从没去过南半球。她梦想着有一天，用她从妈妈那里继承来的遗产和阿利斯泰尔在这座城市盖一幢度假屋——一幢面朝大海的房子。她已经在网上查到了她想种在花园里的树：她要种一棵金合欢、一棵柠檬树加上一棵蒲桃树。她可以采蒲桃树上可爱的粉紫色果子做番樱桃酱，而诺亚可以在一边的蹦床上蹦跶。

“他一直在睡吗？”乔安娜问阿利斯泰尔。

“中间醒过一次，哭了一小会儿，”阿利斯泰尔回道，“不过我给哄住了。你带着他睡着了！真棒。看，你能做好的。”

乔安娜觉得神清气爽，身心愉快：“罗伯逊先生，遇见你，是我一生中最幸运的事。”

04

乔安娜

二月十五日

一下飞机，一辆手推汽车两用的婴儿车就摆在飞机外。乔安娜把诺亚抱进推车。孩子严严实实地裹在蓝色毯子里，小脸都快看不见了。

“嘘，别！”乔安娜俯身想看一眼诺亚，被阿利斯泰尔阻止了，“别吵醒他。”

阿利斯泰尔说得对。只是看他一眼就可能打破眼前美好的平静。

他们推着诺亚，在入境检查的队伍里挪动，然后拿回行李，走出了开着冷气的航站楼。

一出门，吸了一嘴滚烫的空气，乔安娜惊恐万分——那感觉就像有人把吹风机的热风口塞进了她嘴里。

怕吵醒诺亚，他们没敢给他解下毯子，而是以最快的速度走到了租赁汽车的停车区。

“你闻到了吗？”阿利斯泰尔的澳大利亚口音已渐浓重。

乔安娜吸了吸厚重的空气。“桉树？”

“桉树，还有……”阿利斯泰尔按下钥匙打开车门，向着天空伸出手，“……林火。”一片从烧了三天的大火中逃逸出来的灰烬飘飘荡荡，落到他掌心。“天。回家的感觉真好。”

阿利斯泰尔把婴儿座椅从推车架子上拆下，固定到车位上，然后把行李从乔安娜推着的行李车上搬到了后备厢，大箱子在下，小箱子在上。大小正好。他很可能在租车前比量了一下箱子的大小，才选了这么合适的车型。乔安娜朝着她的“计划通”、她的男子汉笑开了。

阿利斯泰尔坐上乔安娜旁边的驾驶座，看了眼手机。“该死！”他轻咒了一声。

“怎么了？”乔安娜小声问。

“那个大胸工党小女孩上《每日邮报》了，说和约翰斯通的会面不仅仅是吃饭，还说他喜欢戴狗圈。该死，该死，该死。现在几点了？”

乔安娜看了眼手表，她刚在租车的时候调了时间。“这边是下午三点。”

“那英国现在应该是凌晨六点。等到了地方，我就给办公室打电话。”

车沿着塔拉梅公路一路向前，车里空调有些冷过头了。

“从没想过我会说这种话，但是我现在恨不得能飞去吉朗。”

阿利斯泰尔眼望前方浓烟滚滚的墨尔本地平线说道。吉朗距墨尔本一小时车程，和后者这个富得流油的维多利亚州首府相比，吉朗像是个穷亲戚。从少年长到青年，阿利斯泰尔一直对自己的故乡颇为挑剔，他更渴望去墨尔本，或者最好能去伦敦。但当他们转入王子公路向西行驶后，他变得越来越兴奋。他告诉乔安娜，他想坐在海边吃汉堡，想去村镇式购物中心闲逛，想沿着大洋路驱车兜风。最重要的是，他迫不及待地想见到他的女儿，克洛艾。

乔安娜第一次见克洛艾还是四年前。那不是一次愉快的见面。当时乔安娜正在床上和阿利斯泰尔做爱。克洛艾就站在卧室门口，边上站着她妈妈。

"那是谁？"十岁的克洛艾指着她爸爸身上的裸女，问道。

乔安娜从她的情人身上匆匆逃离，抓起床单，想把自己裹住。

"那个，"亚历山德拉回答，"是个不要脸的娼妇。"

阿利斯泰尔坐起来，赤身裸体。"亚历山德拉，说话注意点。"他说道。

"哦，抱歉，亲爱的。当然了，"妻子对着已经瘪气了的丈夫说道，"说脏话不利于我们女儿的身心健康。"

"克洛艾，你先去厨房。"阿利斯泰尔命令道。

"可是你和那个女人在做什么？"克洛艾问。

"去厨房！马上！"

克洛艾遵从了父亲的命令，离开了卧室。

"亚历山德拉，能让我们先穿上衣服吗？我们之后再冷静地谈一谈，好吗？在克洛艾不在的时候。"

他们没能冷静地谈一谈。亚历山德拉朝乔安娜扔了个台灯，乔安娜穿上衣服落荒而走。然后亚历山德拉打了阿利斯泰尔，拒绝坐下来谈和平离婚。等阿利斯泰尔第二天出门开会，她就收拾行李跑了，带着克洛艾一起。

之后的每个月，阿利斯泰尔经常打电话给克洛艾，要不是议会有几件急事要处理，他早就飞去澳大利亚看女儿了。

只是，他想要建立联系的努力被想要与乔安娜重组家庭的欲望日渐侵蚀。（想要证明我们会永远在一起？宝宝就是证据。）

如果不是诺亚出生后不久，那个可怕的保守党博主詹姆斯·莫耶突然跳出来在他的谷歌快讯上写了下面这个故事，也许对阿利斯泰尔来说，有了新家庭就够了。

哇哦，看这些照片上的阿利斯泰尔·罗伯逊和家人看起来多温馨啊！妈妈和爸爸推着他们的骄傲与欢乐漫步走过皇家植物园的花草树木。他是家庭价值当之无愧的捍卫者，是工党在下轮选举中必要为之留出席位的人。

不过等等，照片上的这个女人是他的情妇，不是他妻子。

而这个孩子是他的第二个孩子，不是第一个。他的第一个孩子，十四岁的克洛艾，远在一万两千英里之外。四年了，他从没想过去看她一眼。

而且如果你像我一样深入了解一下，就会有更多发现……他的前妻，亚历山德拉·多诺霍，在昨日因酒驾被捕……就在她去动物保护区接女儿的路上。

至于工党家庭的价值嘛，那不重要。

阿利斯泰尔与乔安娜此行的目的，是要拿回克洛艾的监护权。阿利斯泰尔的律师对此信心十足。母亲在未经允许甚至都没有告知父亲一声的情况下，擅自将女儿带离了英国：绑架，是的，他们可以将这种行为称为绑架。母亲在到达澳大利亚后超过一个月没有通知爸爸女儿的所在，这可以被称为不合作或者逃避责任。母亲在喝了酒的情况下去接在希勒斯维尔动物保护区做义工的女儿，并意图酒驾送她回家，这可以被称为失职……见鬼，这是犯罪。

“我不是因为那篇愚蠢的博文，”阿利斯泰尔在出发之前这样对乔安娜解释道，“我不在乎工作。从诺亚出生，从我们的家庭建立之后，我就已经明白对我来说重要的是什么。那个女人就是个酒鬼，而且现在我知道了，她喜欢拿我小女儿的命开玩笑。我得保证克洛艾的安全。她应该和她爸爸在一起。她应该和一个充满灵气、温柔体贴、有责任心的女人在一起，她应该和你还有她的小弟弟在一起，她应该和真正的家人在一起。”

乔安娜甚至都搞不定自己的孩子。一想到自己还要照顾另一个小孩，她只觉得惊惧无措。但只要是让阿利斯泰尔高兴的事，她都乐意去做，更何况他说得很对，很有道理。

车飞驰在公路上向着吉朗奔去，乔安娜转头问阿利斯泰尔：“她会一直恨我吗？”

“她已经不恨你了，”阿利斯泰尔安慰地摩挲了一下她的大腿，“她只是不了解你。一切都会走向完美的。一切都会好得不能再好。”

不论情况有多复杂，阿利斯泰尔总能用同样的方法破解难题：梳理真相，制订进攻计划，摆平麻烦。

照阿利斯泰尔的话，这才是他们发生恋情的真相：

他和妻子形同陌路。在二人离婚之前，他们已经一个月没有过性生活了。

事实上，亚历山德拉不仅酗酒，还有妄想症，就是个神经兮兮的疯婆子。

他和乔安娜才是灵魂伴侣。这一点乔安娜没法儿质疑，不是吗？他说之前从来没有过这样的感觉。她是他毕生的知己，是他一生的挚爱。

所以他们没做错什么。他们不得不这么做。他们是注定要在一起的。

他最初设想的计划很简单：向亚历山德拉解释清楚情况，提出离婚，仍保持朋友关系。这样既可以共享监护权，也不会伤害到克洛艾。自此之后他们就能幸福快乐地生活在一起。

这个计划没能顺利实施。

不过，阿利斯泰尔坚持自己和乔安娜做了正确的事，因为爱已至深，所以没有别的选择。况且，只要他们足够耐心，最终一切都会如愿以偿。而阿利斯泰尔是个非常有耐心的人。

结果证明他是对的。好吧，这事是费了不少时间，也不像他设想的那么简单。世事皆复杂，不是吗？

这一次，计划会成功的。一切都会如愿以偿。

他们唯一需要做的就是摆平麻烦。

得到克洛艾。

05

墨尔本最高法院

七月二十七日

“报出你的名字。”

“克洛艾。”

“你姓什么，克洛艾？”

“罗伯逊。”

十四岁的女孩出现在电视大屏幕上，电视放置在法官的左侧，正对着提问的律师。她瘦弱的上身向前倾了倾，像是要钻进摄像机一样，随后用纯真无邪的童音重复道：“克洛艾·罗伯逊。”

四年前乔安娜在卧室里见到的那个十岁小女孩现在已经长成了高挑的少女。一束灯光在她中分的棕黑秀发右侧打出圈高光。她穿了件T恤衫，上面印着“保罗·努提尼”的字样。一位苏格兰歌手。这是个陷阱，乔安娜想。她是要告诉大家她爱苏格兰，是乔安娜逼得她不得不离开。乔安娜想知道克洛艾看不看得见自己，在她房里是不是也有一个屏幕在直播法庭内的情景？

“我有几个小问题要问你，克洛艾。你觉得可以吗？”埃米·马多克律师，是两个孩子的母亲。她的声音和自己哄小孩时的声音一模一样，她早就用过无数次的声音——“打针一点也不疼，我保证！”

“可以。”

“如果我说得太快，请打断我，或者你没听明白也可以问我。”

“好的。”

“你认识这个女人吗？”马多克女士瘦骨嶙峋的手指尖细得完全可以刺穿乔安娜的胸口了。这么说这孩子看得见她。自那事发生以来，每当乔安娜觉得自己再也承受不了的时候，现实似乎总会把她一点点推入更深的深渊。画师手拿铅笔在仔细描绘，视线在速写簿与乔安娜之间来回。笔尖与纸张相触的沙沙声盖过了偌大法庭里所有的声音。

“是的。”克洛艾回答。

“你是怎么认识她的？”

“她和我爸搞婚外情。”

听听，一个小孩子这样说话。

“你是什么时候认识她的？”

“我在爱丁堡撞破了他们的事。”

“你‘撞破了他们的事’，‘他们’是谁？在做什么？”

“反对。这个问题不适合孩子回答。”乔安娜的律师马修·马克斯突然也变得倨傲高调起来。乔安娜真希望自己选了个声线圆融可亲的律师，这位的声音听起来像是《飞天万能车》[1]里的人贩子。

“反对无效。如果你想回答，你可以回答，克洛艾，不过我想我们都听懂了你的意思。”

乔安娜低下头，盯着自己的大腿，竭力平复呼吸。不要回答，不要回答。没有必要回答。

“谢谢，我想要回答。”

乔安娜猛地抬起头。这一次，克洛艾的声音不再像个孩子了，而是裹挟着谴责，几近阴沉。她从乔安娜脸上移开视线，转向法官。据乔安娜的律师说，这位法官有两个儿子，都已结婚生子，职业都是医生。

法官与律师对面相望：她们，都是好妈妈。

“他们在我爸妈的床上做那种事。我后来发现这个女人已经追了我爸九个月了。”

法庭画师正在画这一幕。新的表情。新的一页。落笔，涂擦，吹屑，掸纸，重新落笔，眼睛在速写簿与乔安娜之间来回。她看到了什么？画师以大地母亲的姿态眯起双眼观察乔安娜的脸，她的表情回答了一切：一个荡妇，一个杀人犯，这就是我所见。

乔安娜的鼻子在发痒，但她被提醒过不能伸手挠，至少现在不是时候。她不能挠鼻子，不能坐立难安，也不能——天哪，绝对不能——笑。从那天之后，乔安娜几乎再没有想笑过，可是阿

[1]《飞天万能车》是1968年的一部冒险奇幻音乐剧电影，改编自作家伊恩·弗莱明的小说，讲述了发明家将老爷车改造成可以上天下海的万能车拯救遭歹徒绑架的爷爷和孩子的故事。（本条及后文中注释均为译者所加。——编者注）

利斯泰尔对她的每日训练（有关焦虑、笑容以及其他一些训练）还是将最后一条准则牢牢钉入了她的脑海深处。不要笑，不要笑，想想狡猾的变态杀人狂诺克斯[1]，想想让孩子惨死荒野的林迪[2]。乔安娜对着自己催眠，忘记开始的麻烦，忘记发痒的鼻子。她到底为什么要笑？不要，就是不要笑。

最终，伸手去挠的冲动消退了下去。乔安娜转向屏幕，目光专注，看起来很理性，很负责。

克洛艾直勾勾地盯住她。"我妈妈是好妈妈，"克洛艾说道，"在她出现之前，妈妈和爸爸一直很幸福。"

---

[1] 阿曼达·诺克斯，人称"狡猾的诺克斯"，在残忍杀害自己的室友后，却因证据不足而被释放。

[2] 指1968年发生在澳大利亚引起公众广泛关注的阿扎里亚·张伯伦案。迈克尔·张伯伦及林迪·张伯伦以在旅途中谋杀他们的女儿阿扎里亚·张伯伦的罪名被起诉并被判决有罪。但林迪和迈克尔坚称他们的孩子是在散步时不幸被一只澳洲野犬杀死的。

06

乔安娜

二月十五日

乔安娜转过身去察看宝宝。他睡得很熟，小脸蛋侧着，隐在毯子后面。

“他以后肯定会是个少女杀手。”乔安娜笑着对阿利斯泰尔说。她爱极了熟睡时的诺亚。

“他以后会是首相。”阿利斯泰尔说道。

“苏格兰首相！”

“把你的嘴洗干净再说话！”阿利斯泰尔嗔骂。

阿利斯泰尔是工党的忠实拥护者。凭借着墨尔本大学政治学学士学位和MBA文凭，以及誓要成功的决心，他一路从议会公共关系部一个小小的官员做到了政治顾问，又爬到了维多利亚州工党候选人的位置，随后因为能力出众，被英国工党挖了过来。因为阿利斯泰尔的父亲是苏格兰人，所以他拿到了英国公民的身份，在伦敦干了两年后被调到了急需公关人才的苏格兰工党。阿利斯泰尔很有影响力，且备受尊敬——正如詹姆斯·莫耶在博客里所写，他确确实实已在下届选举中保有了一席之地。

乔安娜是社会主义者，而且崇尚独立自由。她投票支持的是苏格兰民族党。从见面第一天起，他们就喜欢相互攻击对方的政治观点。

两人第一次见面是在投票日。乔安娜的学校被征用作投票点。阿利斯泰尔站在门口为地方工党候选人拉票，在乔安娜进去的时候递给了她一张选举宣传页。

“不用了，谢谢，我不是保守派。”

“我们也不是！”阿利斯泰尔看着她走进去，眼神跟随了她一路。乔安娜穿着紧身运动衣，双腿修长，臀形完美。她知道他很难不注意到。

“我可以证明给你看。”阿利斯泰尔在她走出来时说道。

“证明什么？”

“我们和那些保守党人完全不一样。”

“是吗？”

“边吃饭边说。”

他一直没告诉乔安娜自己结婚了，直到四周以后，他才坦白。

开往吉朗的路出了名的无趣。一路上唯一的风景就是路边的十字架，人们为了早点结束旅程而选择在此地长眠。

前方，聚成庞大蘑菇云的黑烟清晰可见。

“倒霉，”阿利斯泰尔说道，“我以为烟是从北边起来的，是在基尔莫尔附近。”

他打开收音机，跳出来的是古典乐频道。他按下另一个按钮，冷静刻板的女声传出来：“如果你住在安格尔西或洛恩并且能看到烟雾，请不要试图离开屋内。已经来不及了……如果你住在托基，并且能看到烟雾，请不要试图离开屋内。已经来不及了。如果你住在……”

“该死。”阿利斯泰尔咒骂道。

“‘来不及了’是什么意思？他们就这样等死？”

“也许他们是指你待在家生命安全更有保障。”

“我们能顺利到达波因特朗斯代尔吗？”

“等一下……”阿利斯泰尔把剩下的广播听完，“听起来火势在沿着大洋路蔓延。我要停一下，打个电话给我妈。”

不同的情侣会以不同的方式做重要决定。在阿利斯泰尔之前，乔安娜只正式谈过一次恋爱。男人名叫迈克，比乔安娜大六个月。两人都是英文老师，都喜欢俄国文学。两人同居了四年。他们在做决定的时候会坐下来一起好好商量。他们沟通得很好，乔安娜和迈克避过了不少危机。很遗憾,两人最终还是意识到他们遇见得太早，都太年轻，再者迈克决定要远赴日本一年。不过他们坐下来好好商量了，分手时还给了对方一个大大的拥抱。迈克会时不时给乔安娜发邮件说说自己的近况。乔安娜也会时不时回复，谈谈自己的生活。

乔安娜和阿利斯泰尔在一起时，危机时刻做出重要决定的，似乎总是阿利斯泰尔。

“我很高兴她抓到了我们在一起，”阿利斯泰尔赤身裸体挨了妻子一拳，随后就打电话给乔安娜，“现在我们可以在一起了。”

“克洛艾走了，”紧接着第二天他说道，“我会想办法见到她的。事情不会有任何改变，我们注定会在一起。”

然后，就是最近。“我们要赢回克洛艾，把她带回来。这样我们就能一家团圆了。”

为此行收拾行装时，乔安娜想了个计划。等他们在波因特朗斯代尔的度假小屋安顿下来，享受二人世界的时候，她要向阿利斯泰尔建议每天拿出半小时来设为谈话时间。不是说一定有大事要谈。事实上，一些小事更让她担忧，因为小事会在你不知不觉时越积越大。乔安娜笑着拉上最后一个行李箱的拉链，对自己的新计划十分满意。没错，他们会在小屋阳台上眺望沙滩，把酒言欢，然后为达成这个共识举杯庆祝。之后再做决定时，他们就能共同商讨，冷静决策了。这样就不会再有危机出现了。

可惜天有不测风云，再过四分钟，这个计划就要流产了。

因为四分钟之后，乔安娜将会面对她人生之中最大的危机。

07

乔安娜

二月十五日

第一分钟

路上有紧急停车带吗？还是他们随随便便把车停在了路边？十字路口，往前走大约十英尺是不是有个十字路口？在视野所及之处真的连一座小镇、一幢建筑也没有？有的只是背后笔直的道路，以及笔直的前路上沉沉压向地平线的黑色天空，昭示着不祥？

货车，是不是有很多货车路过？比平时都要多？平时是什么样的？呼啸而过的货车震得车在晃，是不是？还是说只有那一辆——科尔斯公司的货车——抖着四只轮子从身边飞驰远去？

阿利斯泰尔是什么时候从牛仔裤口袋里掏出手机的？是在下车之前还是之后？是之前吗？手机开着机吗？他是什么时候注意到没有信号的？他是说了："乔安娜，这里没有信号，我往那里走走？"

他从车旁走到篱笆边用了多久？十秒，二十秒？他有边走边说话吗？他有看向自己吗？

她自己又在看什么？是在看阿利斯泰尔吗？

还是在看十英尺开外的十字路口？

她是在看镜子里的自己？她看起来累吗，丑吗？她当时真的在想自己的外表吗？

她没有转身看一下后座吗？

为什么不看一下？

阿利斯泰尔在喊要越过篱笆往荒野深处走走时，他的声音是不是模糊不清？她把车窗放下来了吗？她是什么时候打开窗户的？为什么要打开？为了听清阿利斯泰尔在说什么？

第二分钟

乔安娜是怎么知道他还是收不到信号的？因为他在远处喊了吗？

在她打开车门下车之前，她有转过身朝后座看一眼吗？为什么不看一眼？

她下车时外面热吗？她有注意到热气在面前形成了一堵墙吗？有——为什么会注意？没有——为什么注意不到？

是她建议阿利斯泰尔试一下她手机的吗？

在她走向后备厢示意手机在那里的时候，她看到了什么？

她是故意别开脸不去看后座的吗？

后备厢是她打开的，还是阿利斯泰尔？

那只小黑箱子是她拉开的吗？

他们能从车尾看到后座吗？

当乔安娜关上后备厢，走到车边的时候，她有朝后窗内看吗？

她看了吗？

没有？

为什么不看？

第三分钟

当乔安娜打开前座车门，侧身坐着，腿伸到车外抻了抻的时候，她是不是很开心？伸展身体是很舒服的事，不是吗？

是不是在一辆货车按响喇叭的时候，她才猛然想起，诺亚在这么吵闹的情况下到底睡了多久？

她花了多长时间决定也许该去看看他？

二十秒？十秒？

为什么要那么久？

在阿利斯泰尔问她“这该死的手机要怎么开机”的时候，她在哪里？是站在车旁吗？

在她说“按住右下角的按键三秒就行”的时候，她有看向后座吗？

在乔安娜问阿利斯泰尔“他睡了多久了”的时候，她是不是慌了？

在阿利斯泰尔告诉她“该有五个小时了”的时候，她脑子里一闪而过的念头是什么？

第四分钟

是谁说的“他出生后从没睡过那么久”？

又是谁说“一定是因为感冒糖浆”？

当乔安娜跪在后座上，轻轻拉开覆在宝宝脸上的毯子时，她的手是不是在抖？

阿利斯泰尔在说什么？他说她的手机没电了？就这样吗？是不是又一辆货车响了下喇叭？车是不是在抖动？

诺亚的脸摸起来是什么感觉？她还记得吗？那种感觉，她该怎么描述？很凉？他的手摸起来是什么感觉？他的皮肤在她指尖是什么感觉？像冰一样？冰凉？她是这样想的吗？除了手机阿利斯泰尔有注意到别的不对劲的地方吗？他还在对着她骂骂咧咧那只破手机的事？他当时是站在车后还是车旁？他能看见她的脸吗？如果可以，她的表情是不是说明了一切？他是不是在对她喊“你该给你的手机充电的，乔安娜”？

安全带是粘住了，卡住了，还是怎么着？为什么花了这么久才解开？还是说没有很久，只是感觉上过了很久？安全带解开后，阿利斯泰尔是不是问了她车里有没有充电器？乔安娜抱起诺亚的时候，到底是用什么姿势抱的？她有托住他的头吗？还是说她已经不在意了？如果她不在意了，那她肯定已经知道了，不是吗？是不是在那时候阿利斯泰尔终于停止了喋喋不休，问她一切还好吗？为什么那时候问？他是看见她的表情了吗？

她把诺亚放在地上的时候，动作轻柔吗？

地上有没有嶙峋不平？

她该把他放到地上去吗?

当乔安娜把脸靠在他嘴上时，她有什么感觉?

她有轻喃吗?诺亚!诺亚!

她有摇晃他吗?

她是不是喊了?阿利斯泰尔!

阿利斯泰尔丢下手机跑过来的时候，离她有多远?不到四英尺?

她把手按在他脖子上多久?

她要怎么描述他脖子的触感?

乔安娜重复了多少遍“哦天哪,哦天哪,哦天哪,哦天哪,不”?

她重复了多少遍“求你了，求你了，诺亚，哭一下”?

08

墨尔本最高法院

七月二十七日

证人席上，一个满是文身、留山羊胡子、五十岁上下的男人坐立难安：“是的，我看见他们了。”

“你是在从弗兰克斯顿开往吉朗的路上？”面对魁梧的货车司机，埃米·马多克魅力全开。乔安娜注意到，她面对不同的证人会转变态度和姿态。而对着这个饥渴难耐的混混，她一条腿微岔在另一条前，低眉垂首，让自己显得淑雅又柔媚。

“是啊。”

“能描述一下你看到了什么吗？”

“我当时开到了一百千米每小时，没怎么看到。”

“但你确实看到了这个女人？”她指向乔安娜，声音温柔，还微笑了一下。

“对，她当时坐在路边，或者更像是跪着。看起来像是在喊或是在尖叫什么，很生气地仰着头。”

“你还看到了别的吗？”

“只有阿利斯泰尔·罗伯逊。他站在她前面。我看着像是她在闹事。”

“你没有看到别的什么吗？小婴儿？”

“没有，就只有这个女的，像我说过的那样在地上，还有男的，在她前头站着。她表情很生气，像是在喊什么。”

“但是你没有看到小宝宝？”

“没有。”

“你也没有停下来？”

“没。他们没有挥手拦我，所以我想应该不是车坏了。而且她看起来不像有危险，像是暴虐事件什么的，所以我想应该就是家庭纠纷，和我没关系。”

09

二月十五日 | 乔安娜

在地球的这片地带，并不存在山脉。阿利斯泰尔跳上车顶，向着天空挥舞手机，祈求能有一点信号。“拜托，拜托！”

和乔安娜在做的事一样，不过是徒劳，可她停不下来。“一，二，三，四，五。”她数着数，双手的两根手指交叉，一下一下按在诺亚小小的胸口——“一，二，三，四，五。一，二，三，四，五……”阿利斯泰尔跑去路边，对着来来往往的车辆嘶吼：“停下，你个浑蛋，停下来！”

“一，二，三，四，五。”

“我们开车去吉朗医院。”他站到了乔安娜跟前。

“一，二，三，四，五。”

“乔安娜。”

“一，二，三，四，五。”

“乔安娜。”

“一,二,三,四,五。”

“够了。”

“一,二,三,四,五。”

“乔安娜，给我停下。停。”

“一,二,三,四,五。”

“你他妈给我停下！”

阿利斯泰尔钳住她，将她拽离了儿子身边。等到明天，乔安娜会发现自己臂下被他紧箍住的地方出现了两大块瘀青。

因为要扭住乔安娜,他的声音像从牙缝里挤出来的,嗞嗞作响:“停下来。停下来。停。”

乔安娜踢向阿利斯泰尔的小腿，拼命想要挣脱开他的钳制。第二天，他会给她看自己腿上的瘀伤。

“他走了。他走了。”阿利斯泰尔说道。

她死命推开阿利斯泰尔。“放开我。我要去救他。”

“我们的孩子走了。诺亚走了。”阿利斯泰尔将她双臂反扭在背上,不让她动。“上车。”他推着她向前,把她塞进车里,摔上车门,按下钥匙锁住。他对着窗玻璃大声说道:“别动，也别看。我去把他放回后座，然后我们去医院。”

她怎么能不看！他怎么敢叫她不要看！

阿利斯泰尔捞起诺亚放进后座，没有给他系安全带就关上了车门。

“给他系上安全带！给他系上安全带！”

阿利斯泰尔叹气，重新打开车门，拉出左边的搭扣，再拉出右边的，费力把两边扣到一起:“都说了别看！”

她是不会移开眼睛的。

阿利斯泰尔甩上后门，打开驾驶座的门，一屁股坐了进去:“脸转过来朝前。”

乔安娜不听。

“马上转过来。”

乔安娜跪坐在座位上，手伸到后座，握住诺亚的小脚:“好冰。”

她听见阿利斯泰尔的头嘭地撞在方向盘上，伴随着一声呜咽。

“他的脚好冰。”乔安娜又说了一遍。

“他几个小时前就死了。”

这句话让乔安娜转过头来:“你说什么？”

“他死了好几个小时了。”一条口水丝从阿利斯泰尔张开的嘴里挂下来，落到大腿上。乔安娜从没见过他哭，所以她不确定他是不是在哭。没有声音，没有眼泪，只是流口水。

“为什么这么说？那我们早该发现了。”

“我们害怕吵醒他，连看都不敢看他。他尸僵了，乔安娜。”阿利斯泰尔的语气远不止于生气。是恶毒的，饱含责难的。

“什么？”

他猛地抬起头，吼道:“他已经僵硬了，该死！”

“僵硬？”

“没有几个小时尸体是不会僵硬的。”

“你是说……”

“我是说，乔安娜，他在飞机上就已经死了。“

她在通往地狱的路上。所以越往前，天空才越加沉郁黑暗。这样想着，乔安娜放下心来。她死了，她要去地狱了，就是这样——自从插足别人家庭，她就知道自己总有一天会下地狱。诺亚没有死，是她死了。这不是真的，而是她通往地狱的必经惩罚，是她应得的报应。“我死了，我在通往地狱的路上，就是这样。”

“我们还有半小时到吉朗，”阿利斯泰尔的声音将她扯出了美好幻想，“你最好别说话，好让我集中精神。”

他们已经重新启程十分钟了。过度的打击让她陷入了混沌，听着空调呼呼的声音，乔安娜渐渐缓了过来。要命。她现在回到了副驾驶座上，车是租来的，阿利斯泰尔在旁边开车，还有……

她转头。

“不，不，不！”乔安娜使劲摇起头，寄希望于眩晕可以让一切化为虚无。再快一点，前后左右地摇，把这一切抹去，带走！

“猝死？是猝死综合征吗？”摇头并没有什么作用。

“有可能。”阿利斯泰尔的语气稍微缓和了一点，也只是一点。

“还是说他真的出了什么问题？他病了吗？所以才哭个不停？”

“有可能。”

乔安娜摇着头，呜咽了一声，又蓦地顿住：“他便秘了。”

“是吗？”阿利斯泰尔把“是”字咬得很重，像是在说我都不知道。你为什么不告诉我？如果你和我说了，说不定……

“我没和你说是因为你跟我说，不要一点小事就开始杞人忧天。哦天哪，也许他哭是因为……是因为他病得很重，可我没发现。我没有注意。”

“别扯我胳膊了！会出车祸的。别想了。我们到医院再说。我们先去该死的医院！”

乔安娜还是轻轻晃着头，因为这样头脑会更清醒些：“会不会是因为我给他喝了感冒糖浆，他过敏了？”

“你没给他喝。”

“我给了。在飞机降落前三小时。”

阿利斯泰尔猛打方向盘，车子偏离原本的轨迹，滑向路边停住。他狠狠拉住手刹，转向乔安娜：“你说什么？”

“怎么了？有问题？”

“你什么时候给他喝的感冒糖浆？”

“怎么了？那没关系，不是吗？那是宝宝用的感冒糖浆。”

“多少？”

“什么？”

“你给他喝了多少？”

“一剂。”

阿利斯泰尔打开车门，逆着车流走向车尾。一辆货车响着喇叭从他身边擦过去，差点儿撞上他。他打开后备厢。乔安娜转过去想看他在干什么，可她满眼看到的只有她的孩子。她伸出手，又缩回来。她不想感受那种冰冷。可是小诺亚！从这里看过去，他好像只是睡着了一样。乔安娜别过脸，把头抵在膝上。

阿利斯泰尔回到车里，摔上门，拿着一瓶没有标签的一百毫升分装瓶伸到她面前。

“所以，你在我睡着的时候给他喂了一剂药，是吗？”

“是的。”

“在我们下飞机前三小时？”

“是的。”

阿利斯泰尔收回手，看了看瓶子。

随后打开门，又跑到后备厢，回来的时候手里拿着两个一模一样的瓶子。

“哦，不……”见阿利斯泰尔拿着瓶子坐回车上，乔安娜说道。

“从我们出发起，你吃了多少剂抗生素？”

“一剂。你在迪拜给我喝的。”

阿利斯泰尔把手指放到刚取来的那只瓶子的瓶口，尝了尝。两只瓶子喝掉的剂量是一样的。“这瓶是抗生素。”

他又转开另一只瓶盖，手指一抹瓶口，塞进嘴里。“草莓味的。这是儿童感冒药。”

阿利斯泰尔把感冒药放在仪表盘左侧。

把抗生素放到仪表盘右侧。

“我每次都会先尝一下，乔安娜。”阿利斯泰尔怔了怔，盯着瓶子看了会儿，然后转向乔安娜，“你呢？”

在任何一段关系中，情侣双方扮演的角色都会很快明晰起来，乔安娜的咨询师在第一节咨询课上这样说道。她在认识阿利斯泰尔五周后，也就是得知他已婚一周后，约了一位咨询师。她没有办法离开阿利斯泰尔，困惑的同时又受着良心的谴责。她之前从来没有伤害过谁。连谎也没有撒过，除了偶尔一些善意的谎言（这个当然还是会说的！）。以前的她，凡是决定了的事就会去做，也从未为自己感到过羞耻。可现在，她羞耻到连自己的好朋友都不敢告诉，宁愿花三十五英镑去向一个体重超标的胖女人倾诉。咨询师的话她听了，可她想听的根本不是那些关于“角色”的废话。她想要听咨询师说：“婚外情没有问题。错的是这个社会。你放手去追寻爱情就好，孩子。不要再这么自责下去了。在这片土地上，不勇敢追求所爱可是会被嘲笑的。”

可是，没有，咨询师没有这样说。她坐在丝绒扶手椅里，面露担忧地望着乔安娜，用了一整节的时间讲述角色。“你们所扮演的角色基于你们对对方性格的猜想，”她说道，“你们会很快做出猜想，这个猜想很可能是错的，但一旦形成就极难改变。”

咨询结束之后，乔安娜想了想。这话很对。她和阿利斯泰尔第一次共进晚餐后——菜单是他点的，他给她点了剔骨鳕鱼片——以下猜想就开始运转、形成，最终尘埃落定。

阿利斯泰尔	乔安娜
我是个冒险家。	我是个胆小鬼。
我胸怀大志。	我为生存工作。
我喜欢梳理事实。	我总是粗枝大叶。
我记忆力极佳。	我老是忘事。
压力会激发我的状态。	我遇事喜欢逃避。
我擅长下决断。	我擅长吗？
你应该听我的。	我不太会说话。

这就是他们。乔安娜和阿利斯泰尔。阿利斯泰尔和乔安娜。从第一天起到现在。乔安娜并没有觉得这样有问题。没什么不好的，所有这一切，全都契合得很好，也很可能就这样一直契合下去，要不是机场安检的话。

不知道为什么，乔安娜从没有告诉过阿利斯泰尔咨询的事。

乔安娜浑身都在颤抖，四肢一点力气也没有，阿利斯泰尔只能托着她下了车，几乎是架着把她带到了路边的小草坪上。在她头昏脑涨，跌跌撞撞向前的路上，她就知道，她的计划完全就是空想，他们做决定的方式不可能改变。她不擅长抗压，不擅长做决定。她现在就连呼吸和走路都做不到，更别说思考了。滚烫的空气噎在了喉头，她需要吐出来。

在她吐的时候，阿利斯泰尔一直帮她撩着头发，在她吐完后又扶她到路边背靠三英尺高的路堤坐下，然后在确保过路车辆看不到他们后，他蹲到乔安娜旁边。都是他在说，而她听着。

因为你应该听阿利斯泰尔的。

梳理事实

阿利斯泰尔蹲坐在乔安娜几英尺开外，背靠路堤干黄的土地，眼望前方。“我要你打起精神来听我说，”他说道，“我们接下来要做的事情将会改变我们的一生。不要回头，不要看车子。朝前看，什么话都不要说。我要开始梳理事实了。”

乔安娜手抖得厉害。她把手压到身下，按照阿利斯泰尔的要求，直视前方。眼前焦黄的土地广袤无垠，一眼望去看不到边际，如果边际真的存在的话。地上寸草不生，没有动物在此觅食。灼热的北风一路纠缠起她的头发，裹挟着诡谲的棕云南去，将远处的火势刮得愈发猛烈。一片灰烬飘到她眼前，上下翻飞着，最后在她右脚脚踝落定。被动地置于这个位置，她不能动，也不想动。她想要一直坐在这里，直至死亡来临。也许她可以就这样，坐在路边等着慢慢渴死，再也不用回到那辆车上。如果她这样请求的话，也许阿利斯泰尔会同意把她留在这里。她要这样做。等他走完常规流程，她就提出请求；等他梳理完事实、制订好进攻计划、摆平麻烦之后。

等等，有什么好摆平的？说这些没用的难道还能挽回什么？

阿利斯泰尔的声音打断了她的思绪。和以前一样，他还是用列举的方法梳理事实。乔安娜没有转头，也没有瞥向他那边，但眼角的余光还是捕捉到了他伸出手，竖起拇指，准备数一。

“一、诺亚死了。”

他的声音很稳，没有失控，拇指随着出口的沉重事实战栗。他竖起第二根手指。

“二、是我们的错。”

他的手指挺短，还胖乎乎的。

“三、我们中有一个人或者两个人都会被指控失职，或者过失杀人，或者谋杀，尤其是你先前还在飞机上大闹了一场。”

可她确实谋杀了诺亚。她活该被扣上这个罪名。如果不能坐在这里渴死，那她选择在监狱里度过余生。她几乎就要违反规则，脱口而出。她想要警察将她拖离这个地方，立刻，马上。在他们拽起她的时候，她可以把头埋进衣服里，这样就看不见那辆车了。

“四、我们中有一个人或者两个人都要进监狱。关一年，或者五年，也可能是终身监禁。”

她会被关进去，只有她。阿利斯泰尔不会有事。

“五、只要有一点点流言传出来，我就会丢掉工作。工党也会受波及。而我可能再也找不到工作了。”

他举起另一只手接着数，速度加快了，口气也更严厉。

“六、你再也不能教书了。”

啊，速度和口气变了，因为现在是在说她的事了。他在生她气。是了。她害死了他儿子。

“七、不管你之后做什么工作，都可能被禁止接触孩子。”

所以呢？她是要死在这里的，就死在路堤上。想一想，渴死需要的时间太久，可能要花上两三天，她不清楚。如果她祈祷，风会不会改变方向，将熊熊烈火带向他们？乔安娜闭上眼，默念起她仅知的祷文。

> 无所不能的主啊
> 我向你，还有你们，
> 我的兄弟姐妹，
> 承认我罪孽深重，
> 我所思、所言，所做、所为，
> 皆是我罪，皆是我罪，
> 皆是我重罪；
> 为此，我恳求仁慈纯洁的圣母马利亚，
> 恳求天使与圣人，
> 还有你们，我的兄弟姐妹，
> 为我祈求主，我们的天主。

乔安娜睁开眼。风并没有如她所愿，夹带火焰与浓烟前来。林火不肯将她吞噬。

算了，她还可以去后备厢取个闲置的塑料袋，套在头上，然后解下鞋带绕脖子系紧。

“八、你以后可能被禁止接近儿童。”

很对。她杀了一个孩子。她自己的孩子。

“九、你可能不会被允许再要一个你亲生的孩子。”

再要一个孩子。再要一个她亲生的孩子。对，他刚这样大声说了。

“最重要的是，十、我们会被禁止再见克洛艾。我们别想拿到她的监护权了，也就是说，她会被送到福利机构，变成没有父母的孩子。一个孤儿，她才十四岁。我的亲生女儿，我现在唯一的孩子，小克洛艾。”

事实十实际上是由三四个事实组成的。乔安娜想他应该是不想回到第一只手数了，毕竟那只手也满了。这样要更利落。不过，还真是多呢，一个小小手指上承载了那么多事实。

乔安娜僵坐在原地，装出一副现在梳理这些无聊至极的愚蠢事实很重要的样子，而诺亚就在他们租来的车上，躺在后座，再也不会动了。

阿利斯泰尔还有结语，可恶的是，他要乔安娜在他说的时候换个姿势。为了增强效果，她想。他把她压在屁股下的手抽出来，握住。他的手很冰。乔安娜奇怪他的手怎么会冰成这样，在这种环境下，在快要窒息的灼热中。也许因为他不是人类。

阿利斯泰尔伸出另一只手，把乔安娜的脸扳向自己。她呆滞的双眼没有跟上转动，但最终还是慢慢落到了他想要的地方。

乔安娜这才看见，阿利斯泰尔汗如雨下，额头布满细密水珠，腋下和肚子上都被汗水打湿了一大片。

“诺亚死了。他一定是对抗生素过敏。这是个意外。”

这是个意外。仿佛下一句他就会说这不是她的错。可没有下文。只是不全是她的错。

“你说完了。”乔安娜肯定道。他已经停顿很久了。

“是。”阿利斯泰尔把双手放到她肩上。

“如果可以的话，我想死在这里。我想用一个空袋子。不介意的话，能去后备厢帮我拿一只吗？”

“乔安娜，别。我们还有克洛艾要考虑。”

乔安娜弯腰，想把鞋带解下来。她的手不知是麻了还是就是不肯听话，怎么解都解不开，可她没有放弃，终于她抽到了对的那根。她用另一只脚踩住松了的那只鞋的鞋跟，往下蹬。

“给我停下来。”

啊，下来了。接下来，就只要把鞋带拆下来就可以了。乔安娜把鞋子放到腿上，开始拆鞋带。这下就简单了，她想。现在就差让阿利斯泰尔取来塑料袋了。他没有拒绝，但也没有动。她绝不会再看那辆车一眼。她会说服他的，不管用什么方法。“拿到了！”乔安娜举起解下的鞋带，朝阿利斯泰尔露出胜利的笑容。

乔安娜没有看清他有没有握拳，反正那不能算是个巴掌。总之，它击在了自己的左脸颧骨上，导致她的头先是扭曲成了《驱魔人》[1]

[1] 影片《驱魔人》根据威廉·彼得·布雷迪同名小说改编，讲述了被恶魔附体的小女孩驱魔的故事。片中有大量经典镜头，如小女孩的绿色呕吐物、头部180度转动等，堪称恐怖电影的鼻祖。

里的恶魔才能做到的诡异角度，然后才落到地上，倒在了脚边……

……看啊，那片灰烬不见了。

乔安娜醒来，发现自己坐在副驾上。广播还在继续，空调向外吹着冷气。

“如果你住在安格尔西或洛恩，并且能看到烟雾，请不要试图离开屋内。已经来不及了……如果你住在托基，并且能看到烟雾，请不要试图离开屋内。已经来不及了……如果你住在艾瑞斯河口小镇……”

发现她醒了，阿利斯泰尔关了广播。

乔安娜的第一反应是转头去看后座。她得感谢她的脖子、头和耳朵都在疼（这就对了，她有耳炎。只是毁灭性的打击加上肾上腺素的刺激暂时麻痹了痛觉），所以没法儿完成这个动作。乔安娜摸了摸酸痛的脸颊。

“对不起。”阿利斯泰尔开口。乔安娜艰难地转动脖子，尽可能向右看，疼得脸皱成一团。阿利斯泰尔的嘴唇变了色，而且裂成了两半。她低头看向他紧握方向盘的手，怀疑方向盘会在他的手下断成两截。

和平常一样，他在超速行驶，也不介意安全带没扣上。他身体前倾，脸就快贴上挡风玻璃了。

乔安娜开始怕他了。他打了她。他之前从没有打过她。

她想是不是阿利斯泰尔也在怕她。所以他才紧盯前方道路，不肯转过来看她一眼。

他们都在害怕，什么都怕。

“乔安娜……”他从喉咙深处挤出一个词，轻得宛如耳语，“你不能丢下我。”他开口，嘴巴大张着，几颗泪滴一样的唾沫珠子粘到了下唇上。他双肩一垮，开始念咒：“不要离开我，不要离开我，不要离开我……”

忘记了疼痛，乔安娜解开安全带，把脸埋到他臂下，依偎在他胸口。她深吸一口气，想找寻熟悉的清新皂香，可闻到的只有汗味和飞机上的味道。她改用嘴呼吸。“嘿，嘿……”乔安娜说道，“我不会的。对不起。我不会的。我答应你。我答应你。我不会离开你。我绝对不会离开你。”

制订进攻计划

乔安娜的乳房像两块石头，而且是火山石，底下暗涌着滚烫的液体，汩汩冒泡，就要喷薄而出。她隔着衣服摸了摸左边那只。热气透过布料传到手上。肯定过了有七小时左右了，自从——她不喜欢这个句子的走向。及时截住思绪，乔安娜重新组织了一下句尾——有七小时左右了，自从那时候起。只是那时候。

乔安娜意识到，从现在开始她必须重置记忆，改写几乎所有的想法。

她明白不离开阿利斯泰尔意味着什么，这是他所做决定的基础，而她也同意了。等到了度假小屋，他们会调整计划。现在要做的，就是保持冷静，开车。

头顶的天空烟雾蒙蒙，比伦敦的雾天还要暗无天日。且越靠近吉朗，烟雾就越浓。

乔安娜拉开衬衣和胸罩，朝里看了眼。她的乳头已经涨大了三倍，不过没有溢奶。如果现在有那么一种声音出现，奶水或许会像打开了水龙头一样喷射出来。可是那个声音不会出现，再也不会出现了，那她的胸部会变成什么样？很可能，会一直涨下去，直到爆炸。乔安娜不想这样死去。她宁愿回到路堤上头套空塑料袋死去。

或者，她可以现在死在这里。他们两人都没系安全带。诺亚已经死了。标示着阿瓦朗机场所在的厚重金属大路标就在面前。阿利斯泰尔正以超过一百三十千米的时速行驶。她只要在恰当的时刻，抓住方向盘一转，就可以解脱了。还有五秒、四秒、三秒……

不，她不能这么想，她答应了阿利斯泰尔的。“我要挤奶。”她开口道。

知道了乔安娜不会离开他，也不用担心“事实”三到十会变成现实，阿利斯泰尔的指节也就没那么紧绷了。“能再坚持二十分钟吗？”

阿利斯泰尔说的是澳大利亚时间，二十至少相当于四十。可她说了“能”，她能等。

嘀嘀！

阿利斯泰尔的手机铃吓得她跳起来，硬得像石头一样的乳房飞离了上半身。呀！

他拿起手机。“有信号了。五个未接电话……我妈打的。”

伊丽莎白正在家里等他们来电话。她一直在打扫花园，还把家里的家具重新摆置了一遍，以迎接他们的到来。她唯一的孩子！

他此生的挚爱！（我当然知道她是，阿利斯泰尔！）还有她唯一的孙子！阿利斯泰尔在诺亚出生三周后的圣诞节送了她一本特制的日历，她每天在日历上叉掉数字，细数他们来的日子。日历的每个月都带一张照片。现在摆着的二月的那张照片，是在爱丁堡，他们家门口拍的。诺亚躺在婴儿车里，裹着她送的蓝色小兔子印花毯子，睡得很香甜。

“我还是回个电话比较好。”阿利斯泰尔说道。

“别在开车的时候打电话！”虽然乔安娜平日里也一直都强调这一点，可现在不比平时，可能会被警察看见。而且如果他停下打电话，她可能会忍不住转头看向后座。“开慢点，系上安全带。我来打。”乔安娜伸手，朝他要手机。

阿利斯泰尔在把电话递过去之前，先给她做了功课。乔安娜很庆幸他的最后一条建议几乎立时就用上了（要是说不下去了，就假装没信号）。

“伊丽莎白，我是乔安娜。”她尽力让自己的声音听上去很激动，但事实上效果还不如一个感叹号，“我们刚过阿瓦朗。”

她把手机拿离耳朵，好让伊丽莎白兴奋过度的大嗓门小那么一点——“哦，亲爱的！这么近了！我简直不敢相信！我这就把水烧上。旅途还顺利吗？诺亚怎么样？”

把手机放回耳朵上，乔安娜听取了阿利斯泰尔的建议。“伊丽莎白！伊丽莎白？你的声音断断续续的。我听不……伊丽莎白……听着，要是你能听见的话（她知道她听得见）我们要先去度假小屋。诺亚要先喝奶。我们会尽快赶去你那儿的。我们去的时候会给你电话。伊丽莎白？对不起，我听不……”

乔安娜挂掉电话，把脸埋进手掌。在接下来去波因特朗斯代尔的一路上，她一直保持着这个姿势再没动过。

这座海滨小镇荒无人烟。海滩对面那些大房子的车位上没有一辆车，游乐园里没有玩耍的孩子，镇上三家咖啡店前的桌子也都空无一人。从车窗向外看，看不到沙滩的全貌。乔安娜想，也许人们都到那里去了。

尽管伊丽莎白几番劝说他们来了之后住在自己家，他们还是决定住在沙滩边，留一些自己的空间。他们的度假小屋是一幢维多利亚式的白色帆板建筑，离一排小商店只有约一百英尺远。阿利斯泰尔把车停进车位，打开车门。乔安娜一踏出车外，就感觉自己置身于风机烤箱。阿利斯泰尔在毯子底下找到了钥匙，扶着乔安娜进了主卧，让她躺下，几分钟后拿着吸奶器回来了。乔安娜闭上眼睛，试着想象诺亚在怀里吸奶，他的小手在揉捏着乳头周围柔嫩的肌肤，想着想着，她流的泪比产的奶还要多。十分钟左右后，她把吸奶器双手托着递给了阿利斯泰尔，就像递孩子一样。

“看上去没有平时多。”他说。

“出不来。”乔安娜回。

阿利斯泰尔抓起吸头和几乎没有装到什么的瓶子出了门，然后回来，准备过一遍计划。

有很多东西要记得，有很多东西要忘记。

她应该记得打开空调，先去冲个澡，再用遮瑕遮住阿利斯泰尔扇了她、打了她或是不管怎么着她了的地方。

她应该忘记阿利斯泰尔把博姿分装瓶里的药倒进了水池，然后把空瓶放进塑料袋里，准备扔掉。

她应该记得她坐在床上把奶吸了出来，因为如果诺亚还活着的话，她就会这么做。记得吗？那些奶是给伊丽莎白准备的，她会在接下来的时间里帮忙照顾诺亚，让他们能享受一下二人世界。

忘记阿利斯泰尔往她挤出来的那一点奶里兑了些水，忘记他问自己："这个量对吗？乔安娜？乔安娜！"

记得把一堆要洗的衣物扔进洗衣机，包括她溅满呕吐物和奶水的衬衣，还有诺亚两用手推车的遮布，然后换上短裤和拖鞋。

忘记自己看见阿利斯泰尔将一把园艺小铲子放进了打包如常的婴儿用品包里。（工具间里没有铲子，该死！）忘记他四处搜寻垃圾袋，最后找了个黑色大塑料袋铺在了车座上。

记得仔细整理行李，把婴儿连体衣放进衣橱，把牙刷放进卫生间。

忘记阿利斯泰尔把脏尿布从诺亚身上脱了下来，然后扔进了垃圾桶。"不对，乔安娜！"阿利斯泰尔吼道，"你记住我给他换了尿布！记住了！"他顿了顿。"等等，或许他们能从尿布上看出他已经死了。有这个可能吗？要命！"他冲到垃圾桶边，把尿布拿了出来，塞进了装着博姿瓶子的塑料袋。这么说……她应该忘记这一点。对，忘了尿布的事情。

她永远记不对这些。

"现在还不晚。"乔安娜跟在阿利斯泰尔后面走向车子，小心翼翼不去看他臂弯里托着的东西，哀求道。

阿利斯泰尔没有回答。或者说他还没来得及回答，就看见一个年约四十的妇女正从车道走向他们，脸上带着大大的微笑：“啊，你们好啊！”

阿利斯泰尔招呼打得有些兴奋过头了，乔安娜觉得。“嗨！”他的一只手从托着的一团死物上挪开，伸得老远去够她的手，“威尔逊夫人？”

“这么说，你们找着钥匙了。啊，他是睡着了吗？”她伸长脖子想看一眼孩子，不过孩子的脸被阿利斯泰尔紧埋在他胸口，剩下的部分都裹在蓝色毯子里。

“刚睡着，”阿利斯泰尔转了个方向，确保她看不见孩子，“这房子很不错！”

“我们很喜欢这房子。这里很安静，这后面是学校。这天热得呀！”她抬手扇了扇脸，“这一整片海滩都是你们的了。”

阿利斯泰尔瞪了乔安娜一眼，她才反应过来自己也该说些什么。“林……”她嗓子卡住了。咳嗽了一下，她继续道：“林火离这里近吗？”

“灾难啊，已经死了十个人了。不过火灾现场离这里有段距离。而且一两小时内会有冷空气来。朗尼不会有事的。”

“我们正要出门。”阿利斯泰尔说着打开车门，想尽快结束对话。

“超市一直开到八点。东西比欧申格罗夫的科尔斯大卖场要贵些，不过好在离得近。在镇子那头还有家冷饮杂货店，就在环岛前面。如果你们想喝咖啡，吃柠檬蛋糕，我推荐帕斯奎尼家的。他们人特别好。”说完拍了拍蓝毯子，“他多大了？”

“只有六十四天大。”乔安娜不记得自己说了这句话，但显然她说了。

“真好。行了，你们快走吧！”她转身往车道尽头走，手指着隔壁一幢二十世纪七十年代的砖房，“有什么需要开了门喊就行。大声喊！杰夫整天在家放可怕的爵士乐。”

10

墨尔本最高法院

七月二十七日

证人席上的威尔逊夫人看起来并不开心：她满脸通红，前额也汗津津的。

“你觉得他们看上去幸福吗？”埃米·马多克问道。

“呃……我不知道。”

“他们有什么异样吗？”

“没有。我是说，孩子睡着了，我不想吵醒他。”

“你看见孩子了？”

“是的。嗯，他裹在毯子里。他爸爸抱着他。”

“那她又在做什么？”律师在说“她”的时候，语带责备，音调阴沉。那，是技巧之一。

“没做什么。她正准备上车。”

“你觉得她看起来像是个温柔细心的伴侣吗？”

马修·马克斯:“反对！”

法官:“反对有效。”

“你觉得她看起来是个好母亲吗？”

马修·马克斯:“反对！”

法官:“你可以回答这个问题，威尔逊夫人。”

乔安娜一直没明白，为什么这个问题可以问，而伴侣的那个不可以。

“我记得她把孩子的出生天数记得很清楚。”

“她看起来是个好母亲吗？”

“我有四个孩子，你觉得我看起来是个好母亲吗？”

法官:“请回答问题，威尔逊夫人。”

威尔逊夫人挺了挺脊背，脸更红了，额头的汗滴了下来:“我只见了他们五分钟。男的看起来又热又累。女的看起来很热，也很累。我不清楚她是个什么样的母亲。”

11

乔安娜

二月十五日

摆平麻烦

“现在还不晚。”眼看着他们就要驶出镇子，乔安娜又说了一遍。

阿利斯泰尔没有回答。晚些时候，他会说这是因为她并没有问他任何问题。

他们花了五分钟到了一幢毗邻海滩的房屋前，像沼泽地一样的坑洼海滩连接起波因特朗斯代尔与昆斯克利夫历史悠久的海滨村庄。路边，一根断了的输电线蜷曲成了弧形，在滋滋冒着火花。紧靠海湾只有孤零零一排房子，其中一户属于阿利斯泰尔最好的朋友家。学生时代他来这里度过假，所以这次就发了封邮件想把它租下来。他的挚友翌日就回复道：

抱歉，哥们。实际上，这房子现在归我了，不过我还没有翻新好。屋子里怕是没有厨房，也没有水电。还有，当然好了，等你来了我们聚聚。

菲尔

于是乔安娜就改租了直面大海的那间小屋。

阿利斯泰尔走下车，敲了敲门，确保没有人在家，然后绕着房子走了一圈，查看周围有无人迹，有没有安保监控，随后，他的身影消失在了屋后。

乔安娜僵坐在位置上，一动不动。从踏出小屋的那刻起，她就有哪里变得不一样了。她完全麻木了。她拧了下胳膊，没有任何感觉。她扇了脸上一巴掌，没有任何感觉。她转头看向后座那一团蓝色布包，没有任何感觉。她下车，打开后车门，解开婴儿车座的安全带，把蓝色布团从覆着层塑料的车座上托起来，抱住，没有任何感觉。阿利斯泰尔绕回前院，从她怀里拿走布团，她没有任何感觉。

“坐下来，脸埋进腿里，”他说道，“你会晕过去的。这片花园还是和记忆里一样。很美。乔安娜。里面有一棵漂亮的蒲桃树，你知道，就是你想种的那一种。坐下，别动。交给我来处理。你有不舒服吗？别到后面来，听见了吗？待在这儿别动。”

“我们停手吧。现在还不晚。”乔安娜开口，声音却淹没在了双腿间，阿利斯泰尔已经走远了。

一声哭啼。

乔安娜抬头。她估摸着，自己维持这个姿势已经有几个小时了。又一声。她有生以来从没听过这么动听的声音。

但那不是哭声。是警笛。

乔安娜走下车，抬头望向浓烟翻滚的天空。一架直升机在远处盘旋。警笛很可能是消防车发出来的。她正要出声喊阿利斯泰尔，就见他疾跑向自己，跳上车，发动了引擎。

“上车！快！”

车往前开，阿利斯泰尔打开收音机。“如果你住在安格尔西或洛恩，并且能看到烟雾，请不要试图离开屋内。已经来不及了。”

车子右转驶离了停车位前的车道，进入了通往波因特朗斯代尔的空旷主道。他洗过手了——花园里一定有软管——但乔安娜还是看见了他指甲缝里的泥。

收音机还在喋喋不休：“如果你住在托基，并且能看到烟雾，请不要离开屋内……”

已经来不及了。

“接下来只剩一件事了。”阿利斯泰尔说道。他在哄她。他总是把她当小孩子哄。他的话在她脑海里回荡，一遍又一遍。只剩一件事了，只剩一件事了，只剩一件事了。

笨蛋乔安娜。那时差点就真的信了。

天依旧黑暗，只不过变成了另一种黑。接着天边出现了裂痕，烟雾有些散开，她才发现，原来是乌云融进了烟里。

冷空气来了。

阿利斯泰尔总是把这幕描绘得很浪漫：“经过两到四天的热气炙烤，你只想永远躲进冰箱里。但就在这一刻，天开雨落，而你在其中舞蹈！”乔安娜喜欢他说起家乡的时候眉飞色舞的样子。

石头大小的雨点落下来，砸在挡风玻璃上。起先是稀疏几滴，然后越下越急。他们在商店对面停下车的时候，雨势已经大到连店铺都洇晕模糊在了雨中。

两人环顾四周——没有人，没有车——然后看向对方。

只剩一件事了。

“还有问题吗？”阿利斯泰尔问。

乔安娜摇头。

“要再过一遍吗？”他问道。

乔安娜摇头。

“准备好了？”

乔安娜点头。

“乖孩子。保持冷静，记住我们的计划。”阿利斯泰尔亲了亲她的额头，走下车，过马路，进了冷饮杂货店。她能看见他从架子上拿了包婴儿湿纸巾，按照剧本里写的那样。

按照要求，乔安娜循着呼吸从 1 数到 120，然后也下了车，穿过马路，走进了小店。

阿利斯泰尔没有规定必须要买什么，所以她顺手抓起一眼看见的那包东西——一包卫生棉条——放到了柜台上。

收银员年纪很轻，递回零钱的时候也没有停下刷手机的手。阿利斯泰尔说了声谢谢，他也没抬头。出门时，阿利斯泰尔为她撑开了门。乔安娜想，他是为了停一下，观察一下周围。

一辆车从面前开过，水泼溅到了她腿上。

不过没有人，四周一片寂寥，街上空无一人。

他们一起穿过马路。阿利斯泰尔打开车门。朝里看了一眼。对着乔安娜吼了句什么。她没有反应。他又喊了一遍。对了，她应该回应的。

他喊了第三遍："他不见了！"

等她终于接收到了这几个字的意思，她惊觉这些音节是那么美妙悦耳，她决定骗一下自己。不用再去记什么该记住，什么该忘记。她相信这一切是真的——这是个更容易接受的事实——他不见了，有人偷走了他。

她吞咽了一下，让这件事实尘埃落定。

"他不见了！"阿利斯泰尔吼道，"不见了！"

这句话进到了她身体里，侵占了她的神智，激起了她的斗志。他不见了。有别人干了坏事。不是她。

这一刻，才是意外的开端。

她看着空空荡荡的婴儿座椅：没有诺亚，没有蓝色布团。

她尖叫起来。她的孩子不在了。有人偷走了他。她开始叫喊。"他去哪儿了？你有看见什么人吗？"

阿利斯泰尔没有听见，他已经跑到路的那一头，装作在寻找可疑车辆和行人，嘴里还喊着"诺亚"，然后又跑到路对面去演了一遍。

乔安娜跑回冷饮店，推开门，急道：“有人偷了我的孩子！”就这样，她甩下了包袱：

给，世界，这是你的，不是我的。接着。

12

墨尔本最高法院
七月二十八日

“法庭传唤乔安娜·林赛上庭。”

这回轮到她了。乔安娜站起来，转身，看着聚在法庭上的众人：法官、飞机上的老妇人、他们在波因特朗斯代尔的房东太太、货车司机、画师、难缠的女律师、一副大男子气概的秀气男律师、在冷饮杂货店工作的男孩儿、她最好的朋友柯丝蒂、阿利斯泰尔的母亲、记者、幸灾乐祸的可悲看客，还有亚历山德拉。她整了整红裙。即便大家都反对，她还是选了这条裙子出庭。裙子有些太大了。她现在还不到 112 磅——认识阿利斯泰尔之前，她一直过得无忧无虑，体重维持在 136.5 磅。这条裙子是她和阿利斯泰尔第一次做爱时穿的那条。做爱！不如说是性交。她那时候就该猜到他已经结婚了。他们到底是为什么要在他那辆鲜亮骚气的软顶篷车后座做这种事？车子那么小，她不得不在上面，而且一直都是她在动。而阿利斯泰尔就像是个坏掉的零件，只会吱吱呀呀地重复：“对，宝贝，宝贝，对。”

她为了这一刻已经准备了很久。疯子都不会承认自己疯了的，所以强调自己很清醒不会有用。她要从外表、言行和气味上，向法官证明自己没有疯。穿红裙子是个明智的决策吗？也许不是。该死。可是柯丝蒂带给她的灰裤子和乳白衬衫让她觉得不对，这不对。她不是去博取同情的。

她在镜子前反复练习神智清楚的人该有的表情。如果她笑，看起来很邪恶；如果她哭，看起来很假。如果她想起诺亚，她会崩溃；如果她想起阿利斯泰尔，她会疯掉。她怎么也没想到，最适合的表情，竟然是诺亚死后阿利斯泰尔教她的那一个。面无表情——不要慌张，也不要笑。“想象如果你笑了，就会有人来伤害我。”他这样说道。

哦，天哪，她忍不住要笑了。

她还练了好几天的声音：力求冷静、清晰，不能怪声怪气。“我叫乔安娜·林赛。”她对着镜中倒影一遍遍重复。她的声音总是在抖——大概是那些药的缘故。她甚至不知道那些到底是什么药，她只知道自己要吃很多各种各样的药。

动身去法庭之前，她嗅了嗅腋下。自己闻起来像个正常人吗？

闻到一半的时候，柯丝蒂来接她了。“我闻起来像个疯子吗？”乔安娜抬着手臂问好朋友。柯丝蒂不情不愿地闻了下。“没有。你不该穿这条裙子。你会被讨厌的。”

“好极了。”乔安娜回道。

乔安娜转向法庭前方，摸了摸裙子右侧的一条小破缝，这是在后座初次时做爱弄破的。而且，你可以看见它。乔安娜心情愉快，因为今天她将打破所有规则。她已经被束缚在角色里太久了。今天是开庭第二天，而她保证这也将是最后一天。今天，一切都会改变。

“林赛女士，能请你走到席上来吗？”法官的语气很亲和，因为她相信自己在和一个疯女人打交道。

“当然可以。”乔安娜说道。画师开始动笔在速写簿上涂抹，新的一幕将出现在纸上——一个穿着浪荡的杀人犯。乔安娜转身，感觉到笑容在脸上绽放开来。哎呀，一个为打破规则而得意的灿烂笑容。她看着法官，开口说：“只要是我下了决心的事，我都会做到。”

PART II 搜寻

13

亚历山德拉｜二月十五日

我是个疯婊子。我是个酒鬼疯婊子。我是个满肚子坏水的酒鬼疯婊子。

我们来掰碎了细细说。很快我就得上法庭面对这一切了，来慢慢说，开始吧。离他们敲响门，试图一步步夺走我的孩子、我的生命还有几个小时，不如就演一场独角戏吧。

你是疯子吗，罗伯逊太太?

我的名字是亚历山德拉·多诺霍。答案是：是的。我经常一哭就是两个多小时，连鼻涕都懒得擦一下。更多的时候，我都下不了床。有一次，我太想让脑子停一下别再转了，于是我发了条推特："@亚历山德拉·多诺霍：我想让我的脑子放个假！"

你是个坏人吗，多诺霍太太?

请叫我多诺霍女士。答案是：绝对是。我女儿还小的时候，我打过她两次。我记不得确切的时间了，不过我知道原因，不是因为她淘气，是我自己不好。而且四年来，我一直不让克洛艾见她爸爸，如果可以，我永远不会让他们相见。不都是因为我坏，只有一部分是。

那说说喝酒的问题吧。

我喝酒。基本是一个人在家的时候喝。我通常会等到下午五点后喝酒。每次喝的量都不少于半瓶，但也不会多于3/4。一想到不能喝酒——就好比，如果你说“亚历山德拉，你今晚不许喝酒了”——那我就会寝食难安。好吧，是的，上周出了个意外。我在午饭时喝了两杯红酒，警察又正好在悉尼路上抽查。现在到处都传得沸沸扬扬了：我是个坏妈妈，罪无可恕，愚不可及。

你是个婊子吗?

哦，是的。尤其是在我将丈夫捉奸在床之后，我脑子里塞满了各种恶毒的想法。我疯了一样想要伤害她，想要一拳一拳打到她嘴唇开裂、打到她鼻子流血、打到她站都站不稳。我希望她生完孩子身材走形，希望她留下丑陋的妊娠纹，希望她的乳房像空麻袋一样干瘪下垂，就像很多生完孩子的女人一样。（当然不包括我！）有一次，上帝原谅我，我还祈求他们的孩子生有残疾，祈祷他们的罪孽能报应在这个孩子身上。我想要她经受我经受过的那些痛苦，或者更甚：全心全意地信任他，最后亲眼看着自己被他摧毁。

更多的时候，我会梦见他死了。

也只是做做梦而已，但这抹不去我犯下的弥大大错。去问他，他肯定也会这么说。他一向擅长梳理事实。

够了，这出戏该收尾了。七点克洛艾就要起床了，她一向起得准时。已经过十二点了，我得去睡一会儿。我在脸书上开了个小号，一天只准自己看三次。实话说，要忍住不多看可不容易。我今天还有一次机会，上床之前就先翻一下脸书吧。

打开屏幕，我的大号跳了出来，有一条来自菲尔的消息。菲尔和阿利斯泰尔是发小，也是我们婚礼的伴郎。菲尔在我和阿利斯泰尔婚姻尚未破裂的几年前来过苏格兰。在他做客期间，阿利斯泰尔一直都忙于工作。当时我正在装修公寓的卧室。菲尔坚持要把墙铲了，帮我重新刷一遍。“我都环游过欧洲了，”他说道，“还从来没有刷过墙呢。”

阿利斯泰尔并不知道，和他决裂后我就投奔了菲尔。我撞破他们的奸情之后，就打给了菲尔，在电话里泣不成声。“这个浑蛋，”菲尔说，“自以为是的蠢货。离开他吧。回家来。我会照顾好你的。”

我点开菲尔的信息。“听证会时间确定了吗？”他的头像引得我笑了。照片上的他穿了件皱巴巴的蓝色T恤，深金色的卷发乱糟糟的，脸上灿烂的笑容却让人不禁回以微笑。

“还没有。紧张……”我回复。

就在我翻着其他的动态，百无聊赖之际，“叮”，菲尔很快就回了。“明天一起吃个晚饭？”和菲尔在一起时那种小鹿乱撞感的感觉升起来，又立马被我压制下去（就如同之前无数次一样）。我回复道，“明晚有家长老师联谊会。（救命！）午饭怎么样？”

也许有一天，我会答应他共进晚餐。但，不是现在。离开苏格兰的时候我就发过誓，要永远，永远，事事以克洛艾为先。至于给自己重新找个男人什么的，那都是最后才考虑的事。而且，菲尔对我并没什么感觉。我们做朋友太久了,早已习惯了这种相处模式。更何况，我完全就是个麻烦。

我自己的脸书账号上没什么好看的了，我切换账号，登上为偷窥而建的那个账号：格蕾塔·泽维尔，一位家住邓迪的教师。格蕾塔与乔安娜有四个共同好友。这四位好友既不认识我，也不认识我假造的身份，却都在四年前同意了我的好友请求。随后，我离开那个国家没多久，乔安娜也通过了我的请求。这样一来，我就知道了她的过去，并得以不断追踪她的新状态。这也恰恰证明了我是个疯子、坏女人,是一个婊子。偶尔看到了不想看的动态，那这天喝下去的酒就绝对不止 3/4 瓶了，我就又成了彻头彻尾的酒鬼。

乔安娜·林赛更换了头像。

乔安娜·林赛将情感状态修改为恋爱中。

阿利斯泰尔·罗伯逊赞了这条动态。

我把这一步称之为了解敌人，跟踪敌情，等待命运轮回的那一天到来。她取代了我的位置，却让出了另一个位置。所以我想她并不算我真正意义上的敌人，我的今天就是她的明天，只有她自己还蒙在鼓里。终有一天她会意识到这一点的,可怜虫,小贱人。

根据我的调查，她在遇见阿利斯泰尔之前，一直过着幸福快乐的正常人生活。这是我们众多的共通处之一。

她是独生女。我不知道她有没有父亲，她从未提及过父亲。她母亲在六年前的复活节去世了，不过似乎很有钱，留了一幢在格拉斯哥波洛克谢尔兹的五居室房子给她。在我离开阿利斯泰尔一周后（不过七天！），她就挂出了房屋招租信息。

她最要好的朋友，柯丝蒂，是一名活动策划经理，家住海伯里。柯丝蒂身材一流，完全不吝于穿着比基尼展示给自己的朋友以及朋友的朋友看。她们两人每月一聚，或是在伦敦，或是在格拉斯哥，并且每年都会相约去气候温暖的地方旅行。柯丝蒂是单身，没有孩子，父亲患有肠癌，她和父亲关系很好。她有一头金发，每逢有重要晚宴，她就会把头发烫卷。柯丝蒂不怎么用脸书，会把一些私聊的话写到乔安娜的留言墙上。

柯丝蒂·麦克尼科尔在乔安娜·林赛的留言墙上留言了：

宝宝！我已经预约好了，下周六。记得把大家都带上！

乔安娜·林赛回复了：

好呀！（你可以点发送信息私聊我，柯丝蒂！）

乔安娜七岁的时候，还是个不折不扣的假小子，和一帮男孩子一起组队踢足球。

她在爱丁堡大学读完英语语言文学专业，又在曼彻斯特取得了教师文凭，之后就在哈奇森文法学校教五六年级的孩子英文，每天过着两点一线的生活——从她在爱丁堡的家到学校——直到她请了产假。她有跑步的习惯，爱好园艺，喜欢一些我闻所未闻的牌子，从脸书上看她不是个有趣的人，对一些图书和园艺枯燥无聊的评论竟还有人点赞，实事求是地说我很意外。

她今年二十九岁，比我和阿利斯泰尔小了十二岁。

我输入她的名字，等着页面加载出来，愤怒与悲哀与往常一样齐齐涌上喉头，我不明白自己为什么要这样对自己，为什么不让它随风而去？可是我停不下来，不能停下来。如果连这点悲哀和愤怒都没有了，那我又是谁？也许我会被一把抹去，消失不见，而她依然在。

他们依然在。那张头像，是八周前换的。男人和女人，并肩坐在起居室的红沙发上。那沙发是我在哈维·尼克斯买的，起居室淡蓝色的墙是我刷的。他们一定是在假笑,因为她怀里的宝宝在哭。我知道当你的孩子在哭的时候，你是不可能笑得出来的。我想知道他们为什么不等孩子的嘴闭上不再号哭之后再拍。我想知道我买来配沙发的绣花抱枕去了哪里。

接着，留言墙上的新动态映入眼帘，就发布在一小时前。

柯丝蒂·麦克尼科尔在乔安娜·林赛的留言墙上留言了：

哦，我的天。我刚看见新闻——不！告诉我这不是真的。你不接我电话。打给我。

我的第一反应是飞机失事，接着惊讶自己居然没有笑出来，反而慌得浑身燥热。也许我并不想他死。

或者是因为大火，我想着，打开谷歌，输入他们的名字。也许他们开车遇上了林火。我的心如鼓点擂动。我在为他们担忧，在为克洛艾心疼。

只有短短一行字的标题已在网上传得铺天盖地：九周大的宝宝诺亚·罗伯逊在波因特朗斯代尔一家冷饮店外的车上失踪。我找不到更多细节信息,转而在推特上搜索“波因特朗斯代尔”和“朗尼”。随着对话的含义一一浮现，我的呼吸一下子急促起来。

哈里·迪恩@h迪恩

波因特朗斯代尔的一家冷饮店那边出事了。到处是警察。

菲奥娜·麦克@菲奥娜·麦克

回复@h迪恩 火势逼近?

哈里·迪恩@h迪恩

回复@菲奥娜·麦克 不是，雨都下疯了。主街道全封锁了什么鬼

鲍勃老爸@鲍勃老爸

从我这边能看见对街有个黑发女人在喊什么

鲍勃老爸@鲍勃老爸

店员在被警察问话

鲍勃老爸@鲍勃老爸

有人刚刚敲了我家门，问我有没有见过一个小宝宝。#朗尼宝宝#

鲍勃老爸@鲍勃老爸

有个宝宝在波因特朗斯代尔失踪了#朗尼宝宝#

珍妮弗·韦斯顿@写书人珍妮弗

哦，天。男孩女孩？可怕。#朗尼宝宝#

鲍勃老爸@鲍勃老爸

回复@写书人珍妮弗 男孩，九周大#朗尼宝宝#

菲奥娜·麦克@菲奥娜·麦克

回复@写书人珍妮弗 @鲍勃老爸 那就不是自己走丢的咯#朗尼宝宝#

鲍勃老爸@鲍勃老爸

警察在我家一通翻，还问我有没有贾帕拉防水衣#朗尼宝宝#

鲍勃老爸@鲍勃老爸

警察现在走了。孩子是在冷饮店外的车里被带走的#朗尼宝宝#

菲奥娜·麦克@菲奥娜·麦克

回复@鲍勃老爸 他一个人在车里？#朗尼宝宝#

鲍勃老爸@鲍勃老爸

回复@菲奥娜·麦克 警察说爸妈都在店里#朗尼宝宝#

乔纳森·米切尔@新闻界强尼

他们把孩子留在了车里？！#朗尼宝宝#

鲍勃老爸@鲍勃老爸

警察在沿着主街一家家敲门#朗尼宝宝#

鲍勃老爸@鲍勃老爸

刚探头看了下。那男的还在叫喊#朗尼宝宝#

基奥斯克在沙滩@沙滩基奥斯克

我错过了什么？这是真的吗？#朗尼宝宝#

帕特里夏·科尔@帕西科尔

我为他们祈祷#朗尼宝宝#

苏珊·米勒@苏珊·米勒

我要帮忙寻找小诺亚！你们呢？加入请回复。#朗

尼宝宝#

菲奥娜·麦克@菲奥娜·麦克

什么样的父母才会把宝宝一个人留在车上啊#朗尼宝宝#

切莱斯塔·韦斯特@切莱斯塔·韦斯特 I

人们什么时候才会吸取教训？#朗尼宝宝#

鲍勃老爸@鲍勃老爸

出来抽根烟。看看能不能知道更多#朗尼宝宝#

基奥斯克在沙滩@沙滩基奥斯克

加入 @苏珊·米勒 我要帮忙寻找小诺亚！你们呢？加入请回复。#朗尼宝宝#

苏珊·米勒@苏珊·米勒

同意 @菲奥娜·麦克 什么样的父母才会把宝宝一个人留在车上啊#朗尼宝宝#

什么样的父母才会把宝宝一个人留在车上？一个可怕的想法陡然闪过脑海。他们会怀疑我。我竭力想镇定下来，但呼吸却不受控制地越来越急促，我越想越觉得有可能。他们会说，因为他要来抢走我的孩子，所以我抢走了他的。我看了看大门。警察会先来这里，甚至会在找到当地的恋童癖之前找上我家。我望向窗外搜寻警车车灯的亮光，又竖起耳朵听警笛声。还没有。

克洛艾。我得先安排好一些事。我要提醒她。

我不应该喝酒的。

我给自己倒了杯红酒，一饮而尽。即便知道这是笔不小的开销，但我还是按下了律师的电话。她过了很久才接，说话也还是迷迷糊糊的。我告诉了她我在网上看到的事，等着她搜索、读完，又说了我今晚都做了什么。下午三点十五分，接克洛艾放学，带她去游泳，回家，吃从罗蒂金奈打包外带的饭，看电视，亲了克洛艾互道晚安。对，从下午三点半开始，除了出门去了趟罗蒂金奈买晚饭，我一直和她在一起。对，我经常会来几口小酒。我是单亲妈妈。她十四岁。我打给过我妈了。她和我爸一个小时后就会到我家。

我希望警察不会来太快。

我推开克洛艾的卧室门，见她手里紧抓着六岁生日时阿利斯泰尔送她的那只小棕熊。我每晚至少会偷溜进来一回，看着我快要长大成人的叛逆小女儿睡得像个小女孩。八年来，她抱着这只小熊哭泣、睡觉，虽然它现在已经有些破烂，但看她紧抱着，我既难过又欣慰。她气她的爸爸没有想方设法来见她，或者根本就没有想过见她，但她没有怪他，而是把这一切都怪在了乔安娜头上。她想念她的父亲。与很多父母离异的孩子一样，她期盼着有一天乔安娜会消失，她的家庭会破镜重圆。我早就数不清她问过我多少遍，我可不可以至少努力一下挽回她的爸爸。“这不可能。”我每回都这么说，极力压制住想要告诉她，她的父亲到底是个什么样的人的冲动。每一个字都吞得艰难，有好几次我几乎就要脱口而出了，但有个值得爱慕与景仰的父亲，她会活得更开心。要是阿利斯泰尔现在就要带走她怎么办？要是爸妈没能在警察带走我之前赶来，他们可能会直接把克洛艾交给他。即便他还在打击中没有恢复，即便他现在悲痛万分，他也是克洛艾除我之外最亲的亲人，所以这有可能。我不能让它发生。我走回厨房，又倒了杯酒，喝光，然后走回去，坐在了克洛艾的床沿。

我轻轻抚了下她的刘海。我已经学会了在看她的时候摒除掉阿利斯泰尔的影子。她黑色的睫毛遗传自她的祖母，而不是他。我一直很喜欢他妈妈，我们回家以后，我也有意让克洛艾和她保持联系。多数时间，她们会约在镇上见面——克洛艾总是一手拿着达雷尔李家的椰子味冰激凌，一手拿着一堆购物袋满载而归。

她在睡梦中皱起眉头，应该是又梦见她爸爸了，等她醒来她会告诉我做了什么梦。“他和我一起吃晚饭，没什么特别的，就是一起坐着吃饭。”她会这样说，或者说些类似的话。

我轻声道：“克洛艾。”

“嗯？”她翻了个身，手里还是抓着小熊。

“克洛艾，醒醒，小美人。我有事要和你说。”

“我做了个梦。”她说道，眼睛依旧闭着，手却不动声色地把小熊藏到了被子底下。

“出了些事。”我抓住她的手，说道。

她睁开眼，坐起来：“怎么了？”

“小诺亚失踪了。”

“什么意思？”

“有人趁你爸爸不注意从他车里带走了诺亚。就在今晚，在波因特朗斯代尔。”

她几秒钟就穿好衣服，准备好了前去帮忙。她想立马就去帮忙找人，还奇怪我为什么依然穿着睡衣。“可能他自己爬爬，爬出了车外面。快走吧！我们得去那边帮忙找！”

我正想解释九周大的宝宝还不会爬，却被一声敲门声阻断了。

警察正在思索克洛艾是在替我遮掩的可能性，毕竟从我擅自作主带着她离家出走开始，这种事她不是第一次做。我回答问题的时候，那个戴眼镜的年轻女警察眼睛不停地往她那边瞟。我顺着她的方向看过去，无奈地发现，克洛艾就是一副遮遮掩掩的神态。“是的，我们整晚都待在这里，”她说道，“……没有，没有人看见过我们。”她时不时朝我看，像是在问：我说得对吗？我一直提心吊胆，怕她说出我去罗蒂金奈买晚饭留她一人在家的事。虽然这事会把我从绑架嫌疑人的名单上划去，但我不称职的罪名就摘不掉了。克洛艾没有提这事。做得好，克洛艾，我想着。

除了我知道的那些，警察不肯多透露一点信息。

那孩子最后被见到是在下午六点五十左右，在波因特朗斯代尔一辆租来的车上。

留鬓发的男警官想知道我和阿利斯泰尔现在的关系如何。我让克洛艾去客厅看电视。她翻了个白眼，一脸的不情愿。她在生气我们居然宁可浪费时间在厨房闲聊也不出去搜寻，但她还是照做了，轻手轻脚走了出去，帮我们关上了门。

我知道此刻我必须斟词酌句。我其实早就酝酿好了故事，随时可以讲给别人听，但现在我必须慎之又慎，我不能让自己听起来像个疯婊子。我也知道我现在战战兢兢、神经兮兮的样子可能会让我说起话来像个疯婊子。

“我离开苏格兰是因为我不想失去我女儿。”我说道，而在我脑海里叫嚣的另半句是“不想把她让给那个自恋的神经病”。

“我只是想保护我女儿。”我说道，随即发现只要一提及他，我就想在每一句句末加上“那个自恋的神经病”。从我第一次怀疑这是否就是我所嫁之人的真实面目起，也就是我发现他出轨之后，我就想这么做了。我开始明白，我们的婚姻从头到尾就是个谎言，不过是过眼云烟，镜花水月。在爱丁堡的时候，我以为我们的关系变成一潭死水是因为他沉迷工作而我思乡情切。我开始疑神疑鬼，觉得他不关心我了是因为我死板无趣，毫无吸引力可言。他早已没有了之前的柔情蜜意，我却只以为是再平常不过的小事，以为我们最终会跨过去的。没有吵闹。虽然平淡枯燥，但岁月静好。事后再回想，才明白，不吵架是因为不够在意彼此，所谓的岁月静好是我自欺欺人。菲尔告诉我，阿利斯泰尔在认识乔安娜之前就和各种各样的女人厮混。一直以来他都在欺骗我，而我对此一无所知。我是有多傻。他是个自恋的神经病吗？他完全符合条件。还是说这只是我的偏见？

“你想保护她什么？”戴眼镜、薄嘴唇的女警问。我另找了一个理由解释。“保护她不要失去我，她的妈妈。”我说道，“当我发现他要为了别的女人离开我的时候，我就问他可不可以一起回澳大利亚，共享监护权。他拒绝了。我了解他。他很固执，又把工作看得很重。他是绝对不会妥协的。我没法儿在那里住下去了。你知道，我的签证是通过他拿到的。如果上苏格兰法庭，他很可能会赢。我没有工作，郁郁寡欢。我还酗酒。他事业有成，受人尊敬。但是对克洛艾来说，我是个好妈妈，我知道我是。在克洛艾需要他的时候他从来不在身边。所以我才带走了她。给，你们看这个。”我拿出一本剪贴簿，从阿利斯泰尔起诉拿回监护权的那天我就开始精心制作它。我翻开前几页给他们看——一张是我和克洛艾烤蛋糕的照片，我们的围裙和衣服上沾满了面粉，对着镜头笑得很开心；一张是我们一起慢跑的照片；还有一张是我教她数学的照片。但是，他们对我的剪贴簿兴致缺缺。

“你上月曾被指控酒驾？”女警员问道。

“我午饭时喝了两杯……我没有想……”

“我知道了。”她截住了我的话头。

“你怎么想他的新伴侣？”留有鬓角、下巴带坑的男警员问道。

我差一点就笑了出来。我怎么想他的新伴侣？我决定实话实说：“生气肯定还是有的，但我也很同情她。”

“你同情她是因为出了这件事？”戴眼镜、薄嘴唇、做了法式指甲的女警员问道。

“是。”这是实话，只不过不全因为这事。我对她冰冻三尺厚的怒意之下埋藏着一层浅薄的内疚。我任由一个年轻女子留在了那人身边。我任由她怀了那人的孩子。我本该警告她的。但她不会信，我曾这样对自己说，到现在我也这样对自己说。她不可能会听，就像我曾无视爸爸让我多谈谈恋爱再决定要不要和阿利斯泰尔在一起的建议一样。当一个英俊潇洒的男人将你奉为女神，当他对你倾诉你是他此生见过最美最迷人的女人，当他说你是他毕生的知己、灵魂的伴侣，当他每天两次与你共度鱼水之欢，让你沉溺在爱意里，为你写下美丽的情书，为你修好一切、安排好一切，让你如临童话的时候，你怎么听得进去逆耳忠言？

我不是说我们是患难姐妹，那绝对不可能。她和他才是一边的。他们是敌队。放她进来等同于将他放了进来，而我绝不会犯这种错。只是偶尔，尤其在夜深的时候，深藏在愤怒之下的内疚会蠢蠢欲动，我会为她担心。我担心有一天她发现自己被他背叛了。我想象过多年之后她会来找我。那时我可能有九十岁了，她跑来我家跟我道歉，向我哭诉原来她的生活不过是谎言一场。

我必须承认，想象这个场景的时候，我发现自己在笑。

“停车位上的车是你的？”女警员问道。

“是的。”

“是辆小货车，对吗？”

“对。”

“你觉得它是什么颜色？”

男警察走到了外面，像是要感受它的脉搏一样轻抚引擎盖。

“我觉得是深灰吧。”

“你有多恨他？”

“谁？”她话题转得太快以至于我一脸茫然。

“你丈夫，”她靠过来，“你觉得他应该受多少苦才解恨？”

“前夫。我们一年前就离婚了。我没想过让他受什么苦……”我倚向靠背，谎话。

“我猜你对他的恨远比不上你对她的吧？”她说道，“我能想象得出你满心都是嫉妒狠毒的念头。”她走开了，指着门厅的衣架子。我的防水夹克。“这是你的外套？”

“是的。”

“贾帕拉的，是吗？”

“对。”

她伸手摸了摸。她的同事进了屋，站在她左边，点了点头，像是在说：对，她在摸衣服，就像我摸小货车的引擎盖一样，我们能这么做因为我们就是律法，姑娘。

“衣服是干的。”她摸完总结道。

“这有关系吗？”

“你前夫说看见了一个穿贾帕拉防水衣的人——外面在下雨。”他们一个在唱红脸，一个在唱黑脸。这句是男警员说的。

“你有烘干机吗？”女警员。

“在厨房外面。”

女警员转头去洗衣房，告诉留在厨房的男警员可以再摸一下我的外套，他也确实这么干了，然后给了我一个“我不会告诉你衣服摸起来是不是温热的”的表情。

“我能参观一下你的房子吗？”留有鬓发、下巴带坑、戴着婚戒的男警员问道。

我没有反对。反对就是心虚。

他们在家里到处搜查，而我在沙发上如坐针毡，担心他们真的会在这里找到他，就在洗衣房壁柜里或者别的什么地方。每每有人指责我做错了什么的时候，我都会这样坐立不安。也许真的是我做的。也许我傍晚的时候真的穿着防水衣出门了，将孩子偷到手，发现衣服淋湿了，回来在烘干机烘干，然后挂在了门厅的衣服架上。也许那孩子真的在洗衣房的壁柜里。都是阿利斯泰尔的错，害得我胡思乱想。我满脑子都是他要从我身边抢走克洛艾的场景、他到处和人说我是个不合格的母亲的场景，即便他曾经说过我是世界上最棒的妈妈。阿利斯泰尔把我生生逼出了臆想症。

他不在壁柜里，当然不可能在。汽车引擎是冷的，烘干机没有用过，外套也不是温的。我让他们检查了我的电脑，然后被发现我有个小号，我在跟踪她。所以我才知道他失踪了，我这样解释。他们似乎是接受了。随着时间推移,他们的态度似乎也在变好。也许只是失望了。我肯定，答案是后者，他们来的时候就认定了心中的猜想，那两个人都是。他们正垂头丧气往外走。解决不了这个巨大的谜题,他们就上不了电视,成不了英雄。如果我要出门，就要先通知他们，那个戴眼镜、薄嘴唇、涂法式指甲的平胸女警员说道。他们会再约我谈话的。我要是出镇子，会显得形迹可疑。

他们朝门口走，刚好我父母到了，两拨人迎面撞上，警察又来劲了。也许是这对老家伙干的，也许他们可以上电视了。他们把我父母带到了起居室问话。我和克洛艾不约而同贴到了门上，支起耳朵偷听。

“帕特·多诺霍。”我爸爸告诉他们，“……戴蒙德克里克，约克街 2 单元 18 号。……没有兄弟姐妹。她是独生女。”

“我们为那孩子祈祷，”是我妈妈在说话,“但这绝不可能。……我的名字？安妮·多诺霍。……一样的地址。”她的声音在抖。她在为我害怕。“离婚确实很难,但我女儿不是那种恶毒的人。……对，是，她是把克洛艾从他身边带走了，但是他也没怎么阻止，而且她确实努力去……”

我爸爸插了进来：“亚历想到的只有克洛艾，她是为克洛艾好。

她在那边无亲无故。如果留在那里，她们两人都会活得艰难。她从没有伤害过任何人。”

女警员问他们今晚的行踪。

“我们在丹尼斯和莫莉·尤恩家里吃鱼饼。”我妈妈回答。

“从七点到十点半。”爸爸肯定道。

克洛艾对诺亚的态度一直很矛盾，可以理解。自从她得知乔安娜怀孕了以后，她就一直把那个孩子称为“那个代替品”。但现在，她突然觉悟到了自己作为姐姐的角色，神色间充满担忧。妈妈搂住了克洛艾，两个人相拥啜泣。随后她又来抱我，我可没有热泪盈眶。我在等阿利斯泰尔的电话。我知道一旦得到警察的允许，他就会打过来。

爸爸把瓶子里剩的红酒倒进了水池里，收拾干净外带的碗碟包装。这个突发事件对于监护权听证会意味着什么？没有人愿意问出口。“我们现在该做什么？”他换了种问法。务实的行动派，与克洛艾一模一样。所以，为了让他的女儿赢得这场官司，为了不失去他的外孙女，他出钱请了最好的律师。

“他应该会想见克洛艾。”我说着，打开新闻。

我哆嗦了一下：乔安娜·林赛出现在屏幕上，但不是我记忆中的模样——赤身裸体在床上，正和我丈夫做运动，面带潮红；也不是脸书照片上的样子，用程式化的笑容宣布一切都很完美——我很完美，我的孩子很完美，我的生活很完美（至少和你相比）。她站在事发现场那条街上，周围是警察和看热闹的人。她的头发被淋湿了，打着结，脸色灰败，面无表情，衣服上沾着奶渍，比我记忆中要瘦。一股兴奋流遍全身，在胃里汹涌翻滚，那种深切的战栗就好像吞下了一大块冰糕。随之升起的念头是那么低俗浅薄，让我不想承认这是我真实的内心。

搞砸了呀！对，这是第一个念头。做了这样的蠢事，乔安娜·林赛，全澳大利亚的人都该看到你有多蠢。她有了小肚子！这是第二个念头。我想看她侧过身来之后肚子和我比有多大。我不是个好人。

一个警察抱了一下她。她看起来悲痛欲绝。我讶异于自己的心在变得越来越重，沉沉下坠，阵阵抽痛。乔安娜·林赛是个痛失所爱的可怜女孩。

克洛艾接了她爸爸打来的电话，事情就这么定了。我们先打电话告诉警察要去哪里，然后再带她去见她爸爸。

房子还是老样子，除了帆板该重新上漆了而草地化为了尘土。过门不入感觉有些奇怪——我和伊丽莎白关系不错，但我不会进去的，我和他们这样说道。我在车里等。街头停着三辆警车，有两个记者在拍照，等着采访，手里抓着话筒。我认出了停在车位上的罗伯逊老夫人的黑色高尔夫。我目送克洛艾走上门前小径，穿过廊道，我父母跟在后面。门开了，是他。他看上去比四年前更年轻，只是脑袋似乎更大了，身体也缩水了。他很矮。我之前从来没注意到,但是他现在又矮又胖。我发现他魅力全无。多奇妙啊，他全身没有任何吸引我的地方了！看着他因过度工作而日渐稀少的头发、一看就疏于运动的身体，我甚至有些反胃。（他还有了一点“游泳圈”，我想着。不明显，但确实有。）奇怪的身材比例，矮、胖、秃。菲尔每晚跑五公里。菲尔在这个年纪状态就很好，不像某些想方设法显年轻的家伙。菲尔发量充足。为什么我会想这些？好像菲尔喜欢过我一样。我们只是朋友。

抱有这些想法的我如同浅陋愚妇，但他还在门口，我控制不住乱想。

比他的外表更令我震惊的是，我看他像看陌生人。我又从头到脚打量了他一遍，奇怪这个人是谁，我为什么会允许他践踏我的自尊。他只是某个家伙，某个让我心如火烧的家伙。我感觉心中的怒火又升腾上来。他抱了一下克洛艾。我听见有人在哭，也许不止一个人。难说。他们都走了进去，门在身后合上。

我想知道，阿利斯泰尔是不是真的觉得是我做了这种事。他知道我有一件防水衣——还是他早年的时候送我的，他那时候还会挖空心思送我特别的礼物。事实上，他买了情侣装，这样我们就可以一起徒步旅行，“不论天气好坏，每月至少一次”。他应该不肯定我是不是还留着它，但他知道我很喜欢这件衣服，知道我没有扔旧物的习惯。我痛斥自己为什么要在乎他的想法。想起来就生气，为什么要在乎他的想法？

我想，自己应该要在这里等很久。要不要去酒吧等呢？要不要发短信给妈妈说我去走走，让他们走的时候回信告诉我？

有人敲了下窗户。是个女人。我按下按钮放下车窗，她把话筒举到我面前：“抱歉，您和罗伯逊一家有关系吗？您能回答——”

我按下按钮，车窗缓缓升起，但升得太慢了。“走开。”我说着，把挡住窗户的话筒推了出去。

虽然在这儿待着很难受，但我不会走。我不能冒险，不能把克洛艾拱手让给他，无论如何都不能。我不相信他。

又一声敲击，一个女人在尖声喊：“我们只想问你几个问题。”我挥手赶她，然后打开收音机盖住她的声音。

她使劲敲着，把窗户捶得震天响。她的记者同伴在攻击另一扇窗，坐在车上有种地动山摇的感觉。我手按上喇叭，直到他们往后退开了一点才松手，也只退了一点点。我打开窗户，告诉他们如果再烦我，我就让警察来赶他们。随即我注意到乔安娜正站在窗边往这边看。

我关上窗，叹气，闭目想象他们会在里面做什么、说什么。他会拥抱我的女儿,告诉她他爱她。爸爸妈妈会对他们俩嘘寒问暖，我的事情远不如他们的重要。这个认知让我火大，就算明知道自己不应该。看，我实在是坏。

我需要喝一杯。

“我出去走走，”我给妈妈发短信，“走的时候短信我，车边见。”

她回我：“好的。”

两个记者紧跟着我。“你是谁？”“你和这家人有关系吗？”“你认识孩子的父母吗？”“就只有几个问题。”我跑了，而他们也没有迫切到要对我穷追不舍的地步。

酒吧关门了。毕竟，现在是凌晨四点。

我跑回车边，挤开那些讨厌鬼，钻进车里，锁上门。屋内的窗帘晃了晃。乔安娜。

我不会同情她。我不会弄错关注点。不管事情怎么变化，我都不会失去克洛艾。

我忍不住转过头去看，发现她还在窗边。如果我们两人之间有一种联系，那应该就是，作为母亲，我们都害怕再也见不到自己的孩子了。我把这个念头压了下去。

过去的四年里，她不断地在我的脑海中浮现，但此刻她就站在那里，即便隔了这么远，我依旧能看见她只是个摇摇欲坠的小女孩。她踏进学校的第一天，我已经十七岁了，读高中、抽烟、和男生调情、应付考试。我想知道，她眼中的恐惧与悲伤是不久前才沾染上的，是因为孩子的事，还是已经盘踞了一段时间，是因为他。毕竟，她从一开始就知道他是个多高明的骗子，而我却到一切结束才明了。

我转回来，打开收音机，盯住屏幕。她盯着我看这么久也太奇怪了。如芒在背。我没有看她，但我能感觉到她的视线。

新闻头条，他们在找一个穿防水衣、开白色小货车的人。他们甚至审问了一个恋童癖，这人就住在案发现场附近，不久前被释放了。他已经四十七岁了。我觉得恶心。

我又看了眼窗户。是的，她还在那里。我希望她已经走了。她这种行为简直让人毛骨悚然。为什么要一个劲儿盯着我？她难道不该做些什么去找她的孩子吗？我的天，她九周大的宝宝不见了，而他们在审讯一个恋童癖。

一个小时后克洛艾出来了，用力摔上身后的门。她不肯和我说话。

“你还好吧？”开过几个街区，我又问了一遍，可她就是不回答。那个还抱着泰迪小熊睡觉的小女孩一下子变成了这两年来一直承受这一切的青少年。满怀爱意的眼睛变得愤怒，仰慕的笑容现在充满讽刺和怀疑。我知道她这副样子的时候最好不要逼她。等她睡着了，我再去弄清楚发生了什么也不迟。

“把事情一字不落地跟我说说。”半小时后，见她在车上打起了盹，我对父亲说道。

爸爸和我一样，都很擅长复述事件和对话。他有条不紊地说着，没有遗漏一点细节。他告诉我，克洛艾先是和她父亲拥抱了一下。她父亲告诉她他爱她，说她这些年来一点没变。他说她就像一束明光，一进来就把屋子照射得充满希望。他说只要有他的漂亮小姑娘在身边他就可以解决一切难题。她可能觉得有些夸张了，因为她很快就打断了他，开始问他和警察各种各样的问题，诸如事情到底是怎么发生的，在哪里出事的，诺亚穿的什么衣服等等。她要了一张诺亚的照片，还在小本了上记了笔记。本子现在就在她的牛仔裤口袋里。她完全无视了乔安娜，乔安娜也没有想和她说话。屋子里有三个警察，在发短信和小声交谈，其他也没做什么事了。阿利斯泰尔“在那之后的表现前所未有地像个浑蛋”。

“怎么说？”

“极度高效，”他说道，“把想再问一遍问题的克洛艾赶到了一旁，到处支使警察。”爸爸学着阿利斯泰尔那种强势的声音：“去审问那个小店收银员……再搜一遍那个房子……防水衣！去找防水衣！还有小货车！白色小货车！这一带还有恋童癖吗？”

学得真像。真是奇怪，我以前还一度觉得阿利斯泰尔的声音性感迷人。

“他一句话也没和我还有你妈妈说，”爸爸继续道，“虽然我们在说了些宽慰的话之后也没想继续对话。而克洛艾走开之后，他也一副当她不存在的样子。”

果然是阿利斯泰尔的作风，我想着。“那乔安娜呢？”我问道。

“要我说的话，怪人一个，”他说道，“也不哭。换了是你，你肯定要哭的，是不是？可她就直直盯着窗外看。……克洛艾？”爸爸转过头去确认她是不是还睡着。“她真的睡熟了？”他问妈妈。

“是啊，小可爱。”妈妈轻声道，亲了亲她的头顶。

“我们站起来要走的时候，”爸爸压低了声音，“克洛艾对警察说，‘说不定是她干的。’手指着乔安娜。

“阿利斯泰尔气疯了：‘你说的什么话！’让她道歉。

“克洛艾不肯，他就吼她：‘马上道歉，小姑娘！’

“‘凭什么？’她说，‘让你不断失去孩子的那个人又不是我。’然后她就跑出去了。”

“要命，她说这些的时候乔安娜在干吗？”

“就盯着她看。奇怪的女人。也许克洛艾是对的。”

“不是吧，你这样觉得？”

“像这种事 90% 是父母做的。”

14

亚历山德拉

二月十六日

我没有叫醒克洛艾去学校，等她醒来发现已经十点半了，气得跳脚。

“我当然要去！我要去动员大家一起找他。他们可能会让我在晨会上发言。”她边匆匆套校服边说。

“等一下！”我在后面喊，拿着几年来第一次准备的午饭追上她，“拿着这个站在门口。”便当盒是崭新的，蓝色，干净漂亮，里面装着水果，边上还挂着无糖饮料。“笑一笑！”我手举相机说道。

“我实在不想笑。”她说着关上了身后的门。

我把克洛艾这张没有笑容的照片打印出来，贴在了剪贴簿上——用来证明我是个努力学习做饭，会仔细把午饭打包进漂亮蓝盒子的那种妈妈。

菲尔已经给我发了两条信息了。我拨了他的手机号打回去：

“嗯，我们没事。就是受了惊吓。”

“我还没去。我打算休息一天。”

“不，不用。我还有事要做。我们午饭见——柠檬树那家？”

“好的，十二点半。如果要我早到的话记得告诉我。”

我出去跑了圈步清醒了一下，随后去了位于墨尔本大学街角的一家咖啡店见菲尔。菲尔在墨尔本大学做物理学讲师。我进门见他坐在窗边，才惊觉我们居然有固定的位置。角落里有台电视，菲尔正在看我昨晚看的新闻。他身上穿戴得一点儿也不搭：棕色鞋子、蓝色牛仔裤、黑色 T 恤还有灰色拉链开衫。一个合格的女友肯定会立马帮他换掉，可我觉得他这样穿好看极了。

菲尔起身和我拥抱了一下。“克洛艾没事吧？”

“还在惊吓中，我觉得。她问放学后能不能借用一下你的扫描仪做传单。”

“当然，叫她骑车过来。我们之后可以带弯弯去散步。”弯弯是菲尔养的十岁大的澳大利亚小猎犬，是克洛艾在这个世界上最喜欢的动物。

通常我会等十分钟再向菲尔寻求帮助，但今天我等不了这么久。

“我以为我见到他不会有感觉了。”

总这么劝我，菲尔一定都厌烦了：“不是的，亚历，你什么都没有做错。他才是浑蛋，不是你，是他。你只需要看清楚真相，他早就不是你认识的那个他了。就算他厌倦了，他也从不会表现出来。要想没有感觉，你得先原谅他。”

“原谅他，和原谅癌症一样难。”这句话出现在脑海时我高兴了一下，并且自鸣得意地大声说了出来。但菲尔没有回答，看上去也没有觉得我幽默的意思。我转身招手付账，慌张之下碰倒了桌上的花瓶，水洒在他裤子上，到处都是。

“我笨手笨脚的可人儿，伸手打翻了花瓶。”他用纸巾擦着牛仔裤，说道。

“你说什么？”

“是我喜欢的诗里的。让我想起你了。”

“该死，我认识这女的！”坐在我们边上的一个家伙看着电视说道。

我们都竖起耳朵。那桌的两个男的都穿着西服。商务午餐，我猜。

“真的？”他对面年长些的男的问。

“对……呃，她和我一架飞机。她孩子不停地哭，然后她就像个疯子似的举着她的小男孩对着我，这样晃……就像这样……”那男的伸出双手做出一个要掐死谁的动作，“……接着喊‘你怎么不当着他的面抱怨’,类似这样的话,我记不太清了。我让她冷静一下，然后她差不多是把孩子扔给她丈夫的。就是她！我简直不敢相信。天哪，太可怕了。”

这则新闻直播了波因特朗斯代尔的冷饮店外的情景，中间还插播了诺亚的照片，还有脸书上那张三人坐在爱丁堡家中沙发上的照片。年轻些的那位啧啧两声，随后大声说：“那男的在飞机上看起来像是个好人。不过那女的就是个疯子。一百块我赌就是她干的。”

四点钟，克洛艾一进门就把书包扔到地上，跑去喂鹦鹉、喂仓鼠、喂小猫，然后又跑出来。

“嘿！”我喊她，“你怎么不带上布莱克一起呢？”

“不要。”她说着，站在门口戴头盔。

可惜了。我们搬回这里之后，克洛艾和布莱克·亨德森一直玩得很好。布莱克是个不苟言笑的男孩，养了只漂亮的柯基犬，喜欢看书和摄影。接着，几周前他们突然就不来往了。布莱克不来家里做客真让人有点不习惯，更奇怪的是，两人谁也不肯说到底发生了什么。

“那亲一下再走，怎么样？”我对克洛艾说道。

她在我脸边“叭”了一下，踏着车风风火火出了门，往菲尔家骑去。

几分钟之后，姬恩·亨德森出现在门口。布莱克妈妈是我唯一有来往的家长，婚姻幸福，作为室内设计师事业有成，活得踏实而简单。她问了我诺亚的事，知道克洛艾处境艰难，安慰地抱了一下我。在我把自己知道的都告诉她后，她就换了话题。“我终于撬开了布莱克的口。”她说道。

“然后？”

“然后……我直接复述他的话吧……‘克洛艾开始顺头发的时候，我们之间的气氛变得有些尴尬。在我们这个年纪，男生女生很难有纯友谊。我相信有一天我们会再次成为好朋友的。’”

“他像是四十岁！”

“他确实够奇怪。”姬恩说道。

真可惜，不过布莱克说得没错——他们之间有亲密的羁绊，终有一天他们会重新成为密友。

“我被说服去参加师生家长联谊了。”我告诉姬恩。

“你个傻子！我打算来一大块巧克力蛋糕，再开上一瓶酒，边吃边看《后代》——再看一遍。这倒是提醒我了，我得先去游泳才能犒劳自己。下次再来看你！”说着，姬恩就到了门外。

阿利斯泰尔来电话时我没接到——谢天谢地。他留了条言:“克洛艾,是爸爸。很遗憾,事情至今为止没什么新进展。我希望你没事。昨天的事我很抱歉。这周我能见见你吗？我明天会再打来的。再见，亲爱的。”

克洛艾从菲尔那里回来以后，反复播放这条留言。“他说话带了口音,”她说道，“我昨晚都没注意。”

“你要打回去吗？”

“不了。”说完，她往自己房间走去。

七点钟，爸爸妈妈来照顾克洛艾，我带着从咖啡店买的蛋糕赶去学校。我把蛋糕移到了自家的盘了里，稍稍挪动了一下装饰，让它看起来像是我自己烤的。学校礼堂已经摆起了桌子,贩卖肥皂、化妆品还有其他一些女士用品。我对这些脂粉气的东西并不感冒，而且我讨厌女士这个词，但我还是决定努力克服困难。我将蛋糕放到烘焙区的桌子上，朝桌子后面的两个女人笑了笑。她们并不认识我，我的出现也没有打扰到她们的对话。

“她看起来很冷漠，你懂我意思吧？”女人A说道。

女人B:“这方圆三十公里内像是有两打恋童癖。”

女人C(从指甲油那桌听到了两人的谈话):“你们在说罗伯

逊宝宝的事？我婶婶玛丽就住在邻镇，昆斯克利夫……”另两个的眼睛一下子亮起来。“……听说他们已经审问了一批人。看这个……”女人C在手机上翻找，找到想要的东西后递给A和B看。

我一直在她们身边徘徊，她们也不觉得我奇怪，反而把手机屏幕侧了侧好让我看见。屏幕上是一个五十岁左右的男人的照片。标题写着：“性侵罪犯亨利·凯利被释。”

女人C：“一周前放出来的，就住波因特朗斯代尔那条街上。”

女人A：“好丑的男人。”

女人B：“老变态。”

C：“有这种人住在附近，周围的邻居都应该收到提醒。”

A：“看他那双眼睛。”

B：“天哪！”

C：“邪恶。”

B：“无法直视。”

A：“快拿走。我胃里的奶糖在翻腾。”

C：“嘿，那是我做的！”

A：“忍不住想一直吃。”

B：“太好吃了！”

手机被递还到主人手上。

静默。

“我从来没有把弗雷德里克一个人留在车上过。”女人A说。

“我疯了才会这么干。”女人B说。

“我一分钟也不会把丹特一个人留那儿。”女人C附和。

我这时已经听够了。正想逃出去，克洛艾的英文老师在门口截住了我："我很遗憾发生了这样的事。克洛艾怎么样了？"

"精神还不错。"

"如果她想多休息几天，我们都能理解。我可以帮忙把作业带给她。"

"多休息几天？"

"我无法想象她该有多难过。"

"她今天没来？"

英文老师脸一红。"我们以为……"

"我会和她谈谈的。"我说着，她的脸更红了。

我承认，四年前我的选择算是半毁了我女儿。一个好妈妈是会扇出轨的丈夫一耳光，没错，但那之后她应该哭着投进丈夫的怀抱，而他也确实会张开双臂——哪个做了亏心事的男人不会向哭泣的妻子张开双臂？然后用"我们的孩子"动之以情。"为了她，我们应该在一起，"一个好妈妈应该这样说，"她才十岁。这会毁了她的生活！我们一家人应该团结起来共渡这个难关。"

我知道他一定会同意。不论她能给他带来多淫秽多频繁的性爱，他都会说，"你说得对，丽姿。我错了。你能原谅我吗？"他可能会继续与情人厮混，但一个好妈妈不应该把这个看得比自己孩子更重。

而我，甚至都没有给克洛艾和她父亲道别的机会，就把她塞进了陌生的学校、陌生的房子，也没有好好照顾她，只顾着自己每晚痛哭流涕、借酒消愁。

如果时间可以倒流，也许我会选择扑进他怀里哭诉，假装闻不到他胸前毛发散发着性交后的汗臭。

不，我永远不可能对曾经的背叛视而不见，然后惶惶不可终日，整天担心旧事会重演。我必须离开。从我发现阿利斯泰尔一直在骗我的那天起，这个世界就变了。我就变了。我不再是谁的知己，不再是谁的此生挚爱。我不是谁的妻子。我不迷人，不聪明，不慧黠，也不幽默。

他也变了。更像是消失了，随我所有的幸福回忆一起化作烟雾散去。那个我觉得没了他就活不下去的男人是谁？那个让我像所有爱情故事一样最初爱得死去活来，后来又一起细水长流的男人是谁？那个看似在乎我，最终却证明是我自作多情的男人是谁？

但是我有克洛艾。当我提着三只行李箱，口袋里揣着从我和阿利斯泰尔的共有账户里取出来的三千英镑回到澳大利亚时，我就告诉自己，这一点才是最最重要的，是无论如何都不会改变的。

我敲响了克洛艾的卧室门，等着她来开门。

“你今天没有去学校，”我走向她的床，坐了上去，“你去哪里了？”

如果我是个好妈妈，她应该对我心怀敬畏，或者至少该有那么一点点怕我。但她坐在桌旁，对着电脑打字，看都不看我一眼。

“你去见你父亲了吗？”

“没。”

“那你去哪儿了？”

“图书馆。”

“为什么？别写了，看着我。”她没理我。“为什么？”我声音拔高了好几度。

“很快我就能离家自己照顾自己了，所以我去了哪里，干了什么，都不关你的事。”

我一下子火冒三丈，一把抓过笔记本，连着电脑的充电线被扯了出来。

“那是我的财产！”克洛艾尖叫起来，“我要报警。”

她在 Word 文档里列出了诺亚失踪的一系列线索：时间线、地点、人物、证据、推特消息、文章链接、新闻资料还有脸书推文。

“我要查清楚他到底出了什么事，”她解释道，气得浑身发抖，“你看吧。”

我合上笔记本，走近，拉起她颤抖的手放进我手心里。“这是个好想法，把事情都记下来，”我说道，“任何你为找到诺亚能做的事，我都会支持你去做。但你必须告诉我你在做什么，如果你想休息几天，你必须要征求我的同意。能答应我吗？”话还没说完我就想咬断自己的舌头。能答应我吗？我这个妈妈做得也太没地位了。“就这样说定了。”我纠正道，然后拉起我们合在一起的手做了个成交的握手动作。

15

亚历山德拉

二月十七日

我把克洛艾一直送到学校门口，看着她走上台阶才放心。一回到家，我眼睛就粘在了新闻上。他们打算上电视发起群众。他母亲房子外面现在肯定聚集了不下一百个记者。我给自己倒了杯咖啡，落座，隐隐兴奋，就好像我正身处电影院，周遭陷入黑暗，一场好戏即将上演。

房子的前门开了。乔安娜与阿利斯泰尔走了出来，站在走廊。她的手无处安放。先是沉重地垂在身侧,然后又插进了裤子口袋里。她的脸惨白，眼睛没有红。她没有哭。她应该哭的，她不哭让人觉得不对劲。而事实是，她看上去冷酷而漠然，让人不是很喜欢得起来。她往常并不是这个样子，她一直是漂亮可人的，是那种会让我很想和她做朋友的女孩，要是她没有睡我的丈夫、毁我的生活的话。

“我们的宝宝，诺亚，”阿利斯泰尔说道，用上了在公关部多年从政学到的所有经验技巧，“在两天前，2 月 15 日的下午 6 点 50 分，被人从车里带走了。他穿着一件白色的婴儿连体衣，棕色头发，棕色眼睛。”我看出了阿利斯泰尔的局促，他想不出别的特征可以让人辨认出他儿子来。没有胎记，不像他自己在脖子右侧有一块星星状的印记。什么也没有。这个孩子和其他孩子差不多，穿着每个孩子都会穿的衣服，一件白色的婴儿连体衣。

“警察将继续搜寻目击到的白色小货车以及穿黑色防水衣的男子或者女子。我恳请大家，如果有人有任何有用信息，请立即与警察联系。”

他将话筒递给乔安娜。她怔了一会儿才从口袋里抽出手，颤抖着接过。

“求你们，如果你见到过我们的宝宝，或者他就在你手上……”她顿住，瞥了眼阿利斯泰尔。我注意到他捏了捏她的手肘。“我是说诺亚。如果你们有任何消息——关于诺亚——能请你联系警察吗？我们只想……”她又看了眼阿利斯泰尔。他在啜泣，我这辈子都没见过他哭过。“对不起，”乔安娜说道，“我太难过了，我说不下去了。”她几乎是把话筒戳进了阿利斯泰尔胸口，然后走回去，摔上了门。阿利斯泰尔显然被她气着了。“我爱人和我还没有从打击里恢复，”他为乔安娜的举动辩解道，“痛不欲生。”一滴泪落进他胸口。“请帮我们找到诺亚。有人带走了他。请不要被无谓的谣言误导，每分每秒都很宝贵。如果你有消息，请勇敢地上前告诉我们。如果他就在你手上，我请求你把他还给我们。”他把话筒递还给站在左侧的记者，走了进去，门在身后合上。

咖啡馆从十一点开始轮到我值班。隔壁美发店的两位常客点了咖啡，在柜台边大声八卦。我一边搅拌牛奶一边竖起耳朵。

“不是啊，是他指甲里的泥。”那个化着浓妆、名叫塔妮娅的美发师说道，“我朋友简说她男朋友盖布，他叫加布里埃尔，不过大家都叫他盖布，我觉得这名字挺酷的。盖布好像是第一时间赶到现场的那批警察。简说盖布说他同事清清楚楚看见了阿利斯泰尔·罗伯逊指甲缝里的泥。可是他们刚下飞机，这泥是哪儿来的呢？这说不通。他好像也不是做那种会弄脏指甲的活儿的，不是吗？而且就算那是他上飞机前弄的，也应该洗干净了啊。”

我怎么都不明白这孩子是怎么做到一口气说这么多话的。我把奶泡倒进咖啡里，在最上面撒上巧克力。

“你觉得是他干的？”那个叫约翰的（有可能是）男同美发师问塔妮娅。

“没有啊，我就是这么说说。但如果他没有去干埋小孩之类的事情那为什么指甲里会有泥呢？他说是摔了一跤，可我觉得纯属胡说八道。“

“一共八澳元四十分，谢谢。”我给外带杯盖上盖子，说道。

“而且她在电视上看起来魂不守舍的……”塔妮娅在递给我十澳元时嘴也没有停，“我感觉像嗑了药，要是说她真有瘾我也不会吃惊，可能她忘了喂孩子……谢谢……”我找了钱，他们提着咖啡往门口走，“所以孩子没了，然后他就去把孩子埋了，所以他指甲里才有泥……”

门刚一合上，我手机就响了。是克洛艾的学校打来的。她并没有走到比台阶更远的地方。咖啡店店主朱塞佩是个通情达理的人，立马就放我回家了。

克洛艾不在家。我给她发了短信，留了语音留言，然后开始给我知道的她认识的每个人打电话。就在我打算上街去找她的时候，她回来了，二话也不说径直往房间去。

“你去哪儿了？克洛艾，你给我过来！我都担心死了。你去哪里了？”

“布伦瑞克的一家网咖。”她想关门，被我一把拦住了。

“我昨晚怎么和你说的？”

她转过身来看着我：“没有一个有用的。大家都在说风凉话，做无用功。等明天就来不及了，等明天就他妈来不及了。”

现在不是指责她说脏话的时候。“你在网咖做什么？”

“我建了个推特账号还有脸书账号，把他的照片还有我知道的所有事实都放了上去。有人已经写过了一些博文、推送还有推特主题，但是他们都是白痴，他们的信息都是错的，全是垃圾。应该有知道真相、真正在乎的人站出来做这件事。我早上在网咖就是在做这个，你绝对不会相信已经有多少人给我发消息了。有波因特朗斯代尔的居民、冷饮杂货店的那个家伙，还有一个人，我觉得是警察，虽然他/她不肯透露身份。之后，我给吉朗的警局打了电话，和我通话的是负责这个案子的潘探长，我问了他现在调查的详情。”

“他怎么说？”

“他什么都不肯告诉我，我就坚持要和他的上司说话。他的上司叫埃莱娜·拉森，说话很温柔很温柔，就好像我是个五岁的小孩子，听不太懂话。她说警察会尽他们所能，但就是不告诉我他们到底在做什么，还说我讲话太没礼貌了。我问她可不可以让我上电视发起群众，她说得问一下你和爸爸，所以我就直接打给了第十频道，戴维·帕帕佐普洛斯可能随时会带着摄影师赶到。”

当你惊得目瞪口呆的时候是很难生气的。我需要时间好好捋一捋，但一辆厢式车已经在车道上停了下来。“你打算说什么？”我在她换T恤的时候问道。也不知道她是怎么做到的，居然还在回来的路上印好了一件T恤，最上面是黑色粗体字“寻找诺亚”，下面是她那个毫无特征的小弟弟的照片。

“我只是想寻求帮助而已。”说着，她往起居室走。戴维·帕帕佐普洛斯和他的摄影师已经准备就绪。

“我的名字是克洛艾·罗伯逊，”她镇定自若地面对镜头说道，“我的小弟弟诺亚·罗伯逊最后被看到是在两天前——2月15日下午6点50分。他当时坐在车后座右手边的婴儿座椅上。车子是一辆黑色的2010路虎揽胜时尚版，白底蓝字维多利亚牌照，车牌号VHA 538。当时车停在了波因特朗斯代尔市郊波因特朗斯代尔路上的冷饮店对面，距离连接贝拉赖恩公路的环岛20米远。下午6点50分事发时，我父亲阿利斯泰尔·罗伯逊和诺亚的母亲乔安娜·林赛正在冷饮店内，随即报警称诺亚从无人照看的车上被偷走了。请求大家，如果我弟弟就在你手上，请把他送还给他的家人。他才只有九周大。他长这个样子。”克洛艾手指T恤衫说道。“你可能觉得他和这个年纪的其他小宝宝并无差别，但请仔细看看他的头发，那么黑那么密。他还有漂亮的长睫毛和大大的棕色眼睛。他穿的是玛莎百货的白色婴儿连体衣，裹着一米乘一米的蓝色纯棉方毯，毯子中央有长约四英寸宽约两英寸的米色兔子刺绣。他穿着好奇新生儿一次性纸尿裤，淡橄榄绿缝边，前片印有小熊图案。我恳请大家，”她说出结语，没有热泪盈眶，甚至没有一丝颤音，“如果在案发当晚有发现任何异常，或者知道任何消息，一定要做出正确选择，你可以告知警察或者任何你认识的人。你也可以在脸书‘寻找诺亚’页面上告诉我或者在推特上直接 @ 寻找诺亚联系我。”

等克洛艾说完最后一句，我就把她赶回了卧室，看着那两个人离开，我才关上她的卧室门，背靠在门上。他们两个收拾好东西，很礼貌地说了声谢谢，然后悄无声息地走了。

“你对小诺亚感情不一般啊。”我试探道，她的决心让我意外。

“当然了。”

“能说说吗？”

“我们身上流着相同的血，”她说道，“或许有一天我们会变得亲密无间。我们可能会像真正的姐弟一样一起度假，我不知道。但现在有人偷走了他。”

就像我偷走了你，我想。

“那个人可能现在就在伤害他，杀死他。说不定那人已经这么干了。我当然对他不一般。这是自然的，是我的职责。”

“那你一定也想有时间和你爸爸在一起，嗯？”

克洛艾耸肩：“不知道他看上那女人什么了。”

“我不知道，克洛艾。我不了解她。”我不想讨论乔安娜，所以我换了个话题，“我为你感到骄傲。但是从现在起，你要遵守规定。不管你做什么事，都要和我一起。”

“好。”她说道。

看完下午两点克洛艾出镜的新闻快讯，我们坐到了电脑前，继续完成她上午在网上做的功课。“寻找诺亚”这个推特账号已经有 708 个粉丝了，克洛艾发布的消息看上去很专业，而且一目了然。她的脸书账号名字同样是“寻找诺亚”，同样让人叹为观止，已经有 1278 个赞和 76 次转发。各种消息蜂拥而至，其中一些还是新闻里没有的：有地方警察的朋友发来的，有冷饮店店员女朋友发来的，还有帕斯奎尼咖啡店店主发来的。

我正觉自豪万分，阿利斯泰尔的电话就来了。

他朝我一通吼。你算什么妈妈，居然让自己才十四岁的孩子上电视？你为什么不先和我商量？你怎么能让她说这种话，“随即报警称诺亚从无人照看的车上被偷走了”，就好像……你难道不清楚你这样做是将她置于危险之中！打乱了维多利亚警局的精心布局，妨碍到了他们有条不紊的工作进程？你怎么能让她建脸书和推特账号？还打电话给警察？你怎么——

我挂掉了电话。

垃圾。

垃圾中的渣滓，去死。再一次，我向这个世界证明了我是个糟糕透顶、无可救药的母亲。他向来不吝再伤我一次。

“他在叫什么？”克洛艾坐在厨房长台上问我。我能感受到她的忐忑，她希望她父亲能以她为荣，就像我在他打来电话之前那样。

“让警察查吧，你不要管这些了。对不起，但是让你上电视的事确实是我错了。如果你有了什么想法，你可以和我说，但你必须把这件事交给大人去做。”

“这就是他说的话？”

"他说得没错。"

克洛艾站起来，我才发现她已经比我高了。她是在这两天里又长高了两英寸吗?

"让他去死吧，"她说道，"让警察去死。你也去死。"

前门刚被狠狠甩上，我就提起酒瓶倒了杯酒，一饮而尽。

我必须把握好尺度：要足够强硬可以保护克洛艾，赢到监护权；但不能强硬到让她觉得和谁住一起都比和我住强。我写了个计划，克洛艾十点一回来，我就把我的计划说给她听。她好像有点喝醉了，我不是很确定。这个可以放在后面。我和她解释我们会一起关掉推特和脸书账号。我告诉她我会每两天联系一次警察，再向她报告最新的进展。她随时可以给她爸爸打电话或者见面。然后每天晚上，等她放学回来，我们会一起去张贴寻人启事。我把之前写好的"寻找诺亚计划"打印出来，我们都在上面签了字。我把其中一份贴到了剪贴簿上。

"那剪贴簿没有用的，妈妈。"她咕哝。

"是吗？"

她没有回答，只是给了我一个拥抱，说她爱我。

我的尺度似乎拿捏得正中她下怀。

但当我们分开时我闻到了她的呼气，证据确凿——她喝酒了。

凌晨一点。以下的一系列事件促使我做了现在这个决定：

阿利斯泰尔的电话让我愤怒，这股怒意驱使我再次上网做了跟踪狂。我登进脸书查看乔安娜的账号。账号删掉了。我谷歌了他们，点进那张被媒体揪住不放的植物园游玩照。我把照片打印了出来。盯着它，我的火气噌噌往上涨，我不明白我怎么就任由他在电话里对着我吼，不明白我怎么就接受了，不明白我为什么没办法把这个该死的浑蛋从我脑子里赶出去。

确认过克洛艾睡得很熟，我留了张便条，以免她在早晨之前醒来找不到我，然后上了车，又折回家中。我不能留克洛艾一个人在家超过两小时，至少在听证会将近的这个时候不行。我在门厅里踱来踱去，每踏一步怒火就烧得更旺一度。

去他妈的。让他去死吧。

我驱车前往吉朗。

这就是我现在坐在伊丽莎白家后面小公园的树屋里的原因。我本来是打算冲进家里跟他好好理论理论的，但是门口有警卫人员，绿化带旁至少有三个记者。于是我打了退堂鼓，把车开到了后门的街上，爬到了树上。

以前大学假期里，我会和阿利斯泰尔来这里一起吸大麻。我那时候还很风趣。现在我是个疯子。经年之后，树屋梯子已然摇摇欲坠，木板早已腐朽不堪。我成了躲在树上偷窥前任的疯女人。

阿利斯泰尔房间浴室的窗子打开了。他正坐在马桶上。我不该看的。

但我看了。他在哭，在哀号，在呜咽。

我一路开车来这里是想见识一下他的另一种真实生活，一种可能治愈我的生活。可是没有，虽然他看起来痛苦绝望，但却丝毫不能平息我的愤怒。

乔安娜走进了浴室。我只能看到她的手放在了他肩上，要看见她的脸我得往左边挪挪。下一秒我就趔趄了下去，摔在了梯子最上面一阶……

梯子往下倒去。我伸手想去抓,脑海里第一个念头就是：该死，要被发现了。

我非但没能阻止梯子下落，也没能阻止它砸在地上发出第一声巨响和紧随其后的第二声略轻一点的响动，更没有意识到这响动根本不是什么大问题。

问题是我被困在了树上。

九十分钟后，我坐在菲尔的车里，一脸尴尬。

他开出去一段路才开口说话:“你知道，要原谅癌症确实不可能，但是你可以试着预防。”

“怎么预防？”

“比如说，戒烟。”

“你要么就是太聪明，要么就是太迟钝。”

“不要再追着他不放了,亚历。你一直在追查他。脸书、谷歌……你有没有发现我们的对话里没有一次是不提到他的？自从你回来之后，你根本停不下来。”

我想了一会儿，伸手去开储物盒。菲尔知道我对棒棒糖有瘾，如果我们一起开车出去他会帮我备一些在车上。果然，里面有一大包草莓奶油味的雀巢棒棒糖。我撕开包装纸，一半的糖都撒到了地上。

“你手过之处，瓷器尽碎，布料开裂。”

“什么？”

“那天和你说的那首诗里的其中一句。我把它称为亚历颂。”

“谁写的？”

“约翰·弗雷德里克·尼姆斯。”

“唔……关于我的诗，嗯？写的是个笨手笨脚的傻瓜。”我递给他一根棒棒糖。

“其实也不是关于这个的。”他说道。

“哦，是吗，那是关于什么的？”

他犹豫了一下：“在我夸你之前再给我一根。”

我又递给他一根。“我到现在也不清楚你到底算哪一种。”我咬着棒棒糖说。

“什么？”

“聪明还是迟钝。”

他又抓起一根，笑着说：“我可是给你买了草莓奶油味的！”

16

乔安娜

二月十五日

乔安娜·林赛的询问笔录

执行警官 潘平探长

吉朗，默瑟街110号，吉朗警局

维多利亚州，3320

2011年2月15日，下午9点16分

潘：我想从事件伊始开始说。

乔安娜：那是什么时候?

潘：你离开度假屋的时候。把你出了门之后记得的所有事情都和我说一遍。

乔安娜：阿利斯泰尔抱着诺亚，房东威尔逊太太走到车道上和我们打招呼。天热得要命。他穿一件白色婴儿连体衣，裹在蓝色兔子印花的毯子里。然后阿利斯泰尔把他放进了车里。

潘：他醒着吗?

乔安娜：没有。我们快出镇子的时候在冷饮杂货店停了下来，因为婴儿湿纸巾用完了。

潘：我们往回倒一点。你们和房东在车道上说话的时候，还有你们上车开走的时候，你有没有注意到屋子附近有什么人?有没有看见谁?

乔安娜：没有。那地方很安静，因为天气炎热，还有林火可能蔓延过来。只有威尔逊太太。

潘：没有别人?

乔安娜：没有别人。

潘：那你们在冷饮店停下来的时候是几点?

乔安娜：呃，我不记得了……六点左右?我们停下车，然后阿利斯泰尔进去了。过几分钟我又想起来我还得买一个东西。

潘：是什么?

乔安娜：卫生棉。等我回来，他就不在车上了。

潘：你来例假了?你不是在哺乳期吗?

乔安娜：呃……是买来……呃，有些别的分泌物。

潘：你进去之前，有去看一下诺亚吗?

乔安娜：没有。呃……我想起来就跳下车了。

潘：他在睡觉吗?

乔安娜：他很寂静。

潘：你们回来的时候，他座位边上的车门是开着的吗?

乔安娜：没有。

潘：有别的车门开着吗？有没有强行闯入的痕迹？

乔安娜：没有。没有。

潘：你走的时候让车门开着了？

乔安娜：呃，我肯定没关。

潘：你经常会这么做吗？

乔安娜：不会。我当时没有过脑子。

潘：但是你拿着钥匙。

乔安娜：没有，可能是阿利斯泰尔拿着。

潘：你回来的时候，有没有注意到附近有人，或者有什么车？

乔安娜：没有。

潘：你有仔细环顾四周吗？

乔安娜：我发现他不在了之后，就跑进店里让那个人帮我报警，然后再跑出来的时候，阿利斯泰尔在找他。他在喊诺亚，不……

潘：你还好吧？要喝杯水吗？

乔安娜：我没事。

潘：你第一次进店里的时候，有听到什么声音吗？汽车的声音？说话声？诺亚的哭声？

乔安娜：没有。

潘：你有什么敌人吗，乔安娜？有没有人可能会想要伤害你？

乔安娜：没有。

潘：那位前妻？

乔安娜：啊……不会的，我不觉得她会伤害谁。

潘：克洛艾？

乔安娜：不会的！

潘：阿利斯泰尔有什么敌人吗——政治对手之类的？

乔安娜：据我所知没有。他没有重要到那种程度，不是吗？

潘：你有多少钱？

乔安娜：我钱包里吗？

潘：不是，总共的——银行账户，不动产。

乔安娜：哦。我在格拉斯哥有一套价值五十万的房子。阿利斯泰尔在爱丁堡有一套公寓，要更值钱一点，我觉得。不过他有抵押贷款，不确定多少，是在哈利法克斯银行，每月 7.5% 的利息，英镑。我们有个共有账户，现在里面有两万。我们还另有两万的存款。我还有一个自己的银行账户，里面有四万。这笔钱还有那套房子是我继承的遗产——我妈妈很有商业头脑。

潘：我们已经在你的手机上装了监听器，乔安娜。我们还带走了你的电脑，需要你提供密码：脸书账号的，邮箱的，等等。

乔安娜：好的。

潘：我们需要进入你在苏格兰的房子——你能安排一下吗？

乔安娜：当然。我朋友柯丝蒂可以带你们进去。

潘：那好，只是以防万一，或许我们会在那边找到有帮助的东西。如果你想起什么别的，请立即告知我。我今晚和明天都会驻守在这屋子里。破案期间我们都会派人守在这里，安全起见。会有人一直盯着你。如果没有我们的人陪同，你最好不要出门。我们还会在波因特朗斯代尔的小学对面的礼堂组建一个搜寻基地。我们一定尽我们所能。

乔安娜：谢谢。谢谢你，探长。就这样吗？

询问结束

乔安娜按照要求，通读一遍自己的叙述，在最下面签上了自己的名字。警察护送他们回到伊丽莎白家。

她成功骗自己相信了这个故事，但也只是短短几小时，只够撑过浮光掠影般紊乱的几小时。

尖叫着让店员报警。

看着阿利斯泰尔从街头跑到街尾，大声喊叫，四处搜寻，把之前那些丢了孩子的父母因为不作为而被舆论谴责的点都做了个遍。

一位红头发的警员在几分钟后赶到，给了她一个出其不意的善意拥抱，却压疼了她。

记者，在拍摄。

更多的警车驶达。两个警员在这条街上挨家挨户敲门。

街上的住户都聚到冷饮店附近，对着她、阿利斯泰尔还有那辆车指指点点。

在一个方形小房间里接受警察的问话。阿利斯泰尔的谎言竟然出口得那么容易。三十岁左右的越南裔探长很强势，但也不乏同情。

回到伊丽莎白家里。这位老人惊吓之下面无人色，却还能在这个手忙脚乱的节骨眼上积极应对：给警察泡茶、问清事情的来龙去脉、列出一些可能、一拳捶在桌子上告诉警察他们应该做什么。

在浴室被阿利斯泰尔一把扯住，被勒令这样和她的闺密柯丝蒂说——“不，不要来。你爸爸还病着，他需要你。求你，为了我，不要来。”

警察在监听电话，吃着一位邻居慰问时送来的香蕉蛋糕。

克洛艾来了家里，深色头发深色眸子，像极了她爸爸，像极了诺亚。

阿利斯泰尔抱了克洛艾。克洛艾面对她爸爸有些局促。

克洛艾无视了乔安娜。乔安娜有意回避克洛艾。

克洛艾指控她是凶手。乔安娜欣然接受。

拉开窗帘，偷看等在车里的亚历山德拉，见她神清气爽、赏心悦目，金色的头发剪得和嬉皮士一样短。

想要出去和她说话，想要告诉她事情的真相，想要向她求助。

眼睛一瞬不瞬直盯着亚历山德拉。美丽而幸运的亚历山德拉。

在这几个小时里，狂乱冲淡了现实，但人群一散，乔安娜独自和阿利斯泰尔还有他妈妈在一起时，现实又一下子明晰起来。她在阿利斯泰尔以前住的房间里，躺在双人床上，想着自己杀死儿子的那一瞬，将那一幕在脑海内回放。她坐在自己的座位上，转开瓶盖，将药倒进白色小勺子，把诺亚过敏的药喂进了他嘴里。她在杀死他。

她想要告解。她想要去死。她想要先告解然后去死。

伊丽莎白·罗伯逊在她卧室祈祷。阴沉的咏唱声传进屋内，回荡不息。乔安娜用枕头捂起耳朵。

阿利斯泰尔进屋后，递给乔安娜一杯水、两片药，乔安娜问都没问是什么药就吞了下去。长时间的沉默，随后她开口：“这样不对。我是不会做的。”

阿利斯泰尔坐到她身边，握住她的手："我们已经失去了我们的儿子。我们不应该因此失去一切。这才是不对的。我们没有伤害任何人。"

"你确定？"

"百分百确定。我们所做的不过是减轻痛苦而已——为了克洛艾，也为了我们自己。我们不坏。我们不是恶人。"

乔安娜在他怀里蹭了蹭："我不是恶人？"

"你很好，亲爱的。你很好。这事很快就会过去的。"

17

乔安娜 | 二月十六日

大约睡了一小时左右，乔安娜被吵醒了，是哭声。哭声越来越大，她感觉自己的胸部越来越硬。她握住胸，胸口滚烫，随时会决堤。她下了床，循着哭声走进客厅，走到前门，打开。朝日已经升起。天气寒凉，至少比他们来时下降了十四摄氏度。她在廊下停住，侧耳倾听。哭声已经微弱，但乔安娜肯定是从路对面传来的。赤着脚，她跟随哭声向前，胸口的疼痛得到了舒缓，每向前一步，哭声就轻柔一分。一只色泽鲜亮、蓝绿翅膀的玫瑰鹦鹉栖息在对面花园的树上。她之前并没有注意到这棵树，但那是棵蒲桃树，和阿利斯泰尔埋葬诺亚之地的树一样。虽然还没到结果子的时节，但她认得蒲桃葳蕤的绿叶，认得它柔软舒展的姿态。树至少有二十英尺高，宽与高相等，是那种会让你很想在它绿荫下野餐的树。乔安娜的身体温暖起来，胸部开始融化，一种联系在她与这棵蒲桃树之间形成，乳汁不自觉地流出。玫瑰鹦鹉发出一声玩具似的尖叫，飞走了，这不是她听到的那个声音。诺亚在和她说话，他与她因这棵蒲桃而相连。

乔安娜轻手轻脚钻回被窝，躺到阿利斯泰尔身边，睁眼想着那棵真正的树。如果她能通过一棵相似的树听见他的声音，那她要是能去到那棵真正埋着他的树边，她会不会清楚地看见他的存在？等阿利斯泰尔一醒过来，她问的第一件事就是：“和我说说那棵树。”

“什么？”

“他在的地方。跟我说说是什么样子。”

阿利斯泰尔揉了揉眼睛，转身看向她：“好吧。它在花园的最后面。花园很大，至少有两英亩。那棵树很漂亮，一片碧绿，枝叶繁茂，连阳光都不能穿过，所以树底也没有草。”

“它有多高？”

“呃，和路对面那棵差不多。”

“它每年都会结很多果子吗？”

“应该是。”

“我要去店里买一些回来做果酱。”

“乔安娜……”

“嗯。”

“你永远不能踏足那里，你明白的，对吧？”

乔安娜盯住他。

“起床之前，我还有些事要和你重申一遍。”

在之后这件事会变成每日起床的必备仪式、让她畏惧不已的仪式，常常要靠装睡来逃过一劫。仪式的开幕总是药片。

“吃了这些。”

“这些是什么？”

“精神安定药。能让你冷静下来，帮你应付好事情。”

乔安娜喝了口水，咽下药片，希望这些药片能帮她平静心情，让她麻木。

“我把博姿买的瓶子、尿布和毛巾、他的毯子还有垃圾袋都放进了一个塑料袋里埋了。我亲手填好了他的墓穴，拍平了地面。我手上和指甲里有泥，而且在警局的时候被警察发现了。我和他们说我在街上跑来跑去找诺亚时摔在了泥地里。他们问你了吗？”

“没有。不过我有说你在附近搜寻的事。”

“很好，那么这就是我手上有泥的原因，好吗？哦，不对，万一他们昨晚在车里也发现了泥怎么办。该死。他们有发现吗？我不觉得，他们什么都没说，但也可能发现了，没问我们就送去检查了。感谢上帝，还好那些警犬没有发现什么。那只塑料袋真是有用。我能想到这个主意简直就是天才。车里应该没有什么泥。如果他们发现了，我们可以说……嘘，好的，让我想想。理由要简单。我们报警之后我有再去车里看看吗？”

“我不知道。”

“我觉得我去了。对。我去了。我肯定要去再检查一遍，找寻证据的。所以我们可以说车上的泥是我在警察赶来之前去查看前后座时弄上的。但是听着，如果他们问了，那就证明他们不相信我们说的话——不管原因是什么，也不知道是不是天鹅湾的土和冷饮店门口的不一样，这样——我还可以这样解释，我先前在吉朗路上的时候为了找信号翻了栏杆，然后手机掉到了地上。对，这就是原因。这样就好了。作为备用方案。我们在路边停了两次，因为我们想给我妈打电话跟她说火灾的事。我可以说我手机没信号，所以就走下来到处找信号，然后跳过栏杆，手机掉到了土里。这样说也免得路上有司机看到了我们。这样一来，我手上和车上有泥就说得通了。好吗？”

“好的。”

“该死，我差点儿忘了。你为什么要买卫生棉条？你在哺乳期不需要这些，不是吗？”

“我知道。我当时没有过脑子。我和潘说是有别的分泌物，所以要用。”

“好的，好姑娘。”

“所以我的分泌物现在记录在案了。”

“你还能想起别的吗？”

“你说的那个贾帕什么的？”

“贾帕拉。那是防水雨衣的牌子。就和巴伯[1]差不多。”

“你看见人了？”

“你居然没看见吗？你确定？就在距离我们一百米的地方？”

“我记不清了，”乔安娜说道，“还有你说的优特是什么？是个小男孩还是什么别的？”

“是一种便利交通工具，就像轻型货车一样。U-T-E。我之前看见了。你也是。”

“我也看见了？”

[1] 巴伯（Barbour），英国知名品牌，以生产防水性极佳的油布衣和涂蜡夹克闻名。

“是。很快我们要开一个记者会。我们需要寻求公众帮助。你能做到吗？”

“我不想去。”

接踵而至的是一连串指令。

“我知道宝贝，但是你必须去。如果你不知道说什么或者他们为难你，你就说：‘我不做评论。’如果他们逼你，就说：‘对不起，我太难过了，我说不下去了。’不要笑，绝对不要。不要慌张，那会让你看起来像在隐瞒什么。哭出来，不要压抑，哭得越伤心越好。尽量不要单独和我妈相处。如果她还抱着希望或者她痛苦的心情影响到了你，那就去卫生间里把自己锁起来。不要和她说话。只有我在场的时候你才能和你朋友打电话，尤其是柯丝蒂。暂时忘了克洛艾的事。交给我来解决。不要上网。不要查阅邮件。不要看新闻。不要因为人们在帮忙而内疚。他们帮忙是为了自我感觉良好。对每个人你都只能讲那一个故事，重复讲，不断重复。你已经牢记在心了吧。不要加新词。一个也不行。如果情势紧张，那就哭，或者说‘对不起——’”

她替他把话说完了：“我太难过了，我说不下去了。”

“对。记住，我们有充分的理由要这样做。我们做的是正确的事。如果你想找人聊，找我。我会一直陪在你身边。一直都在。所以求你，试着忘记我把他放在了哪里。你永远不可能去那里的。”

“你说完了吗？”乔安娜问道。

“你都记住了吗？”

“是。”

“你还有问题吗？”

“我现在能去卫生间吗？”

吃早餐时伊丽莎白一直在哭。一个恋童癖在审问过后被放了出来，伊丽莎白很难过。是，多可惜啊，乔安娜想说：可惜了那个恋童癖不是真凶，要是的话就太好了。照阿利斯泰尔说的，乔安娜去了卫生间，在里面待了一小时。

这一天接下来的时间，她都坐在沙发上，面向窗子，看对街那棵蒲桃树。因为没有人指望她能帮上忙或者说些什么有用的，也就没人去打扰她了。周围的人都在忙忙碌碌：建网站、设计海报、打印、复印，然后分发给在波因特朗斯代尔礼堂的志愿者；警察来来去去，谈起可能的目击地，伊丽莎白一下子燃起了希望；潘探长围着被监听的手机转，乔安娜想，他应该是在等绑匪来电话。他们租来的那辆车，在案发现场就被警戒线围了起来勘查，后来又被带去做进一步检查了，阿利斯泰尔正着手另租一辆。度假照片的征集令一发布，就在网上快速传播开，截止到15日已经有二百六十张拍摄于波因特朗斯代尔的照片涌至警方。说来可怕，警方指认出了两个犯过性侵罪的人，两人刚好在无犯罪嫌疑的游客所拍照片的背景里偶然入镜。邻居还有社区里几个幸灾乐祸的人送了鲜花和食物来。一位警员站在前门守着。外面的记者站在人行道上朝这边拍照，有人想把百叶窗拉上。“让它开着吧。”乔安娜说道。

阿利斯泰尔很忙，一如既往地雷厉风行、让众人信服。他们刚做完笔录，他就雇了一位公关大师。贝瑟尼·麦克唐纳是他读MBA时的同学，据说是个“努力上进、嗜权如命的婊子”。她来做这事再合适不过。她曾参与组织过悉尼奥运会，不到一小时就说服了各大名人在推特发布关于失踪案的推文。“雅西·马尔沃要给我们捐款！”在和贝瑟尼完成连番慷慨激昂的通话后，阿利斯泰尔宣布道，“两万块。他还会在明天的演唱会上提找人的事，把诺亚的照片放到舞台巨幕上，如果我们到时候还没找到孩子的话。”

他在电脑前坐了许久，修改那张寻人启事。“他的脸应该放大点……联系方式应该再突出一点……这个颜色完全不对。”

他接了一个又一个记者的电话，一遍又一遍重复那个故事，勇往直前。他每隔一小时就出去一趟，向媒体报告最新进展。引人瞩目。

他唯一失了冷静是在他打电话给伦敦的一位同事的时候：议会议员理查德·戴维斯。

“理查德，我是阿利斯泰尔·罗伯逊，”他的声音没有一丝不稳，一如既往沉着冷静，这也是他能担任这个职位的原因，“好吧。其实，一点也不好，但是，你知道……”乔安娜能听出他原本平稳的声音变了调。

“好吧，”阿利斯泰尔回道，“我们需要尽可能多的媒体覆盖——把他的脸还有穿的衣服放上去。但是不要出现明显的商业化的东西。说起这个……我一直在思考约翰斯通的事要怎么收场。”

长时间的停顿。

“没有必要。我能解决。”阿利斯泰尔说道，显然是生气了。

更长时间的停顿。

“我理解我们需要谨慎行事但是……”阿利斯泰尔听着对方的话，鼻子直喘粗气，越听越不高兴，“啊哈。你说得对。”阿利斯泰尔挂了电话，然后又挂了一次，狠狠按下，好像不把手机折断就不罢休。

“怎么了？”他妈妈问。

“没什么。”

“没出什么事吧？”一位男警员注意到了这里有暴力的苗头，问道，惹得阿利斯泰尔不安起来。

他定了定神，回答道：“他们要重新找个人暂时顶替我。抱歉。我觉得适度工作能让我保持理智。”

“我倒是觉得，现在不是担心工作的时候。”那位警员说道。

“说的是。”伊丽莎白也壮着胆子附和。

阿利斯泰尔瞪了他妈妈一眼，她瑟缩了一下。

暮色四合的时候，阿利斯泰尔再一次把客厅的窗帘拉上。乔安娜爬上床，吸奶器就放在床头柜上，肯定是阿利斯泰尔放在那儿的。她一把抓起它扔到了床下，感受着疼痛。

那天晚上，乔安娜又被哭声唤醒了。等她到了树下，哭声照旧弱了下去，只是这次不见了那只玫瑰鹦鹉。但哭声抚慰了她，在那之后她睡着了一个或者两个小时。

18

乔安娜 二月十七日

乔安娜醒来，看见阿利斯泰尔和他妈妈留下的便条，说他们去警局了。她没有听阿利斯泰尔的话，开了伊丽莎白的电脑，打算登自己的脸书账号和邮箱，却显示密码错误。阿利斯泰尔——或者是警察——肯定改了密码或者注销了账号。也许这样最好,她想,可她现在觉得那么孤独，那么彷徨失措，她想见到一些熟悉的东西。要是妈妈还活着多好。她好想和她说话，抱住她，把一切都告诉她，问她该怎么办，要怎么跨过这个难关。除了家人，她现在最亲近的人只有柯丝蒂了。

她的手机不在包里。为了确认警察没有把它带走，她用座机打了好几遍，然后循着老套的丁零丁零声，在一个铺满灰尘、难以够到的热水器壁柜里找到了手机。阿利斯泰尔把它藏了起来，但是他忘记关机了。哈！她出去看了下，见伊丽莎白的车还没回来，打通了柯丝蒂的电话。

以前，柯丝蒂总能知道在什么时候该说什么话。在父亲丢下她跑了的时候，是柯丝蒂告诉她要做些什么，柯丝蒂打了他制作公司办公室的电话，逼着乔安娜和他说话。她爸爸向她道了歉，说他爱她，说有时候父母会渐行渐远，说他会写信给她，说等下一部电影拍摄一结束他就回来看她，还说他会接她去他在加拿大的新家。这通电话让乔安娜在短时间内好过了一些，直到后来她意识到这些事情他一件也不会兑现。但柯丝蒂的安慰让她不再执着于这件事。在妈妈病危的时候，也是柯丝蒂带着咖喱和书去医院看她，在她哭的时候让她有了可以依靠的肩膀。

但这一次，柯丝蒂没有一句话说对了。

“它是在这里的2月15日发生的，”乔安娜在电话里说道，“但你那里是2月14日，那时候英国还是2月14日，我那天原本该过2月14日的。但是我错过了那一天，14日。它没有了，就像诺亚一样。所以你看，在飞机上的某处一整天就这样消失了，也把他带走了。”

乔安娜颠三倒四的呓语惹得柯丝蒂哭得更厉害了。“哦，可怜的乔。我可怜的乔。我真希望自己可以抱住你。你一定不能放弃希望。阿利斯泰尔有好好照顾你吗？那边有人好好照顾你吗？”

“随便说点什么吧，我就想听听你的声音。”乔安娜说道。她只希望柯丝蒂能不要再说那些宽慰她的话了，那些根本就不是事实，但柯丝蒂只是哭。她那么担心诺亚，那么替她的好朋友悲伤，那么愧疚自己没能陪着乔安娜。和柯丝蒂聊过之后，她心里更难受了。她庆幸柯丝蒂来不了——她爸爸在做化疗——转而又斥责自己竟然为这种原因庆幸。她已经成了恶魔了。

阿利斯泰尔回来之后宣布说，一个小时之后他们要上电视发起群众一起寻找诺亚。他立马着手，让乔安娜做好奔赴“刑场”的准备。

“再来一次！”阿利斯泰尔焦躁地在卧室里来回走，而乔安娜站在角落里，一脸倦怠，手里拿着发梳充当话筒。

“我只想让他回家。”她干巴巴地说道。

“说他的名字！”阿利斯泰尔压低声音吼她。他越来越擅长做这个了。

“好好！诺亚。诺亚。诺亚。我想要诺亚回家。”

“眼泪不要停。就让它们流。”

门铃响了。到时间出去面对这个世界了。

这样的感觉似曾相识。曾几何时，那些话就在舌尖上打转，忍不住想蹦出来。我和一个有妇之夫搞上了。我爱上了你丈夫。这里到处是相机、记者、邻里还有志愿者。他们身边各站了一名警察。我杀了我的孩子。她可以就这样说出来，就在这里，就是现在，然后一切就此终结。

阿利斯泰尔结束了他的发言。他把话筒递给了她。她咬住舌尖，那些话化作鲜血吞下肚。

“求你们，”她开口道，“如果你见到过我们的宝宝，或者他就在你手上……”

阿利斯泰尔捏紧了她的手肘。

“我是说诺亚。如果你们有任何消息——关于诺亚——能请你联系警察吗？我们只想……”

她转头，看向阿利斯泰尔。他在任由眼泪流下来。“对不起，”

乔安娜说道，“我太难过了，我说不下去了。”

乔安娜难过了几个小时没有说话，直到她听见阿利斯泰尔在起居室发脾气,她才从自我折磨中缓过神来。他在朝着电话一通吼：“你算什么妈妈，居然让自己才十四岁的孩子上电视？你为什么不先和我商量？你怎么能让她说这种话，‘随即报警称诺亚从无人照看的车上被偷走了’，就好像……你难道不清楚你这样做是将她置于危险之中！”

乔安娜倒回去看那条新闻快讯，听见了克洛艾振聋发聩的演说。“我的天，她真厉害。”她说道。

阿利斯泰尔已经和他前妻通完了话，转身把火气撒到了乔安娜身上：“她在指控我们。‘随即报警称诺亚被人偷走了’……该死的，她在指控我们。”

他气冲冲出了门,留乔安娜在房里对着电视上的女孩微笑。“她真厉害。”她又对自己说了一遍。

辗转反侧许久，乔安娜最终还是睡着了一两个小时，睁开眼发现阿利斯泰尔并不在身边，而是在卫生间里。他坐在合着的马桶盖上，在哭。乔安娜走了进去，把手搭到他肩上。

“我应该早发现的。”他说道。

乔安娜在他身边蹲下。

“在飞机上是我把他抱在腿上。我把他抱进婴儿车，又抱进车里。我怎么会没有发现？”

窗外一声巨响打断了他们。乔安娜朝外看，什么也没有看见，于是她关上了磨砂窗。

阿利斯泰尔擦了擦眼睛，靠上乔安娜的肩："我应该发现的。我也许能救他的。"

两人相拥哭了许久。乔安娜觉得这是自己与他距离最近的一次。

19

亚历山德拉

二月十八日至二十八日

计划实行第一天，克洛艾去了学校，心情似乎也平复了些。我打印了三百张寻人启事，买了一桶胶水和两个刷子。我们决定从事发地开始，尽自己的一份力。在开往波因特朗斯代尔的九十分钟车程里，克洛艾声明自己不想给她爸爸打电话。鉴于他对自己上电视的反应，克洛艾根本就不想和他说话，也不想再看见他。放在从前，我心里该乐开花了。可是现在，我只有心疼。

诺亚失踪已经三天了，镇子上却照旧风平浪静，仿佛这事从未发生过一样。冷饮店外的警戒线已经撤走。几个人正站在街对面小学的礼堂外聊天。三三两两的本地人在沙滩上愉快地散步。除了超市，今天所有的店铺都没有开门。我们在主街的几根灯柱上张贴了启事，但灯柱太细，贴上去之后几乎看不清上面的字。我们在游乐场的公共厕所贴了一张，在关门的咖啡店、面包店和礼品店窗户上各贴了一张，超市的一位女士也帮我们贴了两张。“我们都在祈祷他能平安回来。”她感伤地说道。

我们沿着安静的主街一路走，我惊讶地发现原来克洛艾知道那么多。那是他们租的房子。那是看见那个穿防水衣的人的地方。那是他失踪的时候他们停车的地方。

回家的路上我们没有说话，我想是因为这几天发生的事太过压抑了。从波因特朗斯代尔回吉朗的路上，我看见远处大火烧过的土地，焦黑的树枝残躯好像痉挛的爪子。这样的灾后景象恰好应和了我们的心境。

计划实行第二天，情况更糟。我打电话给警察，他们什么也不肯告诉我。在店里上完班我很累，我们在去吉朗的一路上都没有说话。我们开始在主商业街和通往阿利斯泰尔母亲家的那条路上贴寻人启事，但我觉得是在做无用功。克洛艾在回家的一路上都在睡觉。

第三天，行动计划正式宣告失败。我们回到了吉朗，发现我们昨天贴的很多启事掉在了地上，还有一张被寻猫启事覆盖了。赫曼，是那只猫的名字。

在回去的路上，克洛艾说：“他已经死了。我不想干这些了。”

到今天为止的一周内，克洛艾每天一放学，就把自己关在房里学习。她在伤心。我不再担心她会做什么危险的事或者不该做的事。阿利斯泰尔在第一周打了两个电话来，每次都留言说没有新进展，希望克洛艾一切安好。除此之外，他可能想都没想过来看女儿，之后的七天也没再打电话来。这点我是绝不会原谅他的，不管他现在有多煎熬。

克洛艾说得对：诺亚很可能已经死了。大家都在这样想。随着时间推移，人们越来越怀疑阿利斯泰尔和乔安娜。

那个总是针对阿利斯泰尔的政客博主詹姆斯·莫耶今天发文说，工党要开除阿利斯泰尔。他这样写道：

> 越来越多的人开始怀疑工党的公关大师和他的情人……这个腐朽的政党怎么还能留着阿利斯泰尔·罗伯逊作为它的顾问、发言人，期待他可以扭转形势呢？据可靠消息称，他们可能很快就会被正式认定为嫌疑人。他随时随地可能被踢出工党。但又有谁能指责工党呢？毕竟宝宝诺亚的失踪有那么多未解之谜（相关信息最全的网页www.lonniebabytheevidence.com——点开看看吧），还有那么多对孩子父母的厌恶与不信任。

《朗尼宝宝之证据》这篇博文确实字字诛心。写文的人似乎对一切了然于胸，文章条理清晰，令人惊叹，而且每天有更新，提出的问题更是谁也没想到过的。“未解之谜”一页每天都在加长，我逐一浏览下去。

> 阿利斯泰尔·罗伯逊是怎么在当时下着瓢泼大雨的情况下，还能清楚地看到一百米开外的人身上穿着什么（一件贾帕拉防水衣）的？
>
> 他们一进度假别墅，就把一堆衣物——包括车座的

垫子和诺亚的婴儿车坐垫都放进洗衣机洗了。为什么？

我能理解他们进店里几分钟，但他们为什么不锁上车门？车门是开的，没有强行入侵的痕迹。

为什么后车门上没有其他人的指纹，只有乔安娜·林赛的和阿利斯泰尔·罗伯逊的？

假设阿利斯泰尔·罗伯逊对他指甲里的泥的解释是可信的——也就是说他在找诺亚的时候摔倒在了泥地里——那么为什么他身上别的地方没有溅上泥？有消息说只有他的指甲和膝盖上有泥。为什么？有人摔倒后身上那么干净的吗？这些泥难道不是更像跪趴在泥地上才会有的吗？

如果乔安娜擅长的是撒谎、背叛和破坏他人家庭，那还有什么会是她擅长的？

她为什么从来不哭？

我不便公开来源，但有人给了我警察第一次与乔安娜录笔录的具体内容。当被问到她进店里时孩子是否睡着了的时候，她回答："他很寂静。"寂静？我不了解她，但我觉得这回答也太奇怪了。

她是有精神病吗？诺亚失踪一周后，有人看到她的邻居带她过马路把她送回她婆婆家。某匿名人士称看见她犯癔病，对着一棵树说话。不久之后，又有人看见医生去了她家里。

乔安娜·林赛的父亲在她十三岁时抛弃了她。这件事对她产生了什么样的影响呢？

乔安娜是位什么样的老师呢？甚至连她自己的学生都开始怀疑她。其中一个学生和我说她“很古怪”，另一个说她“喜怒无常”，还有学生说她“沉迷于主人公自杀的书籍”。

为什么乔安娜·林赛没有一个家人或者朋友来澳大利亚帮她找孩子或者来支持一下她呢？

她嗑药吗？警察有让她测试过吗？

如果乔安娜·林赛在哺乳期，那她为什么要买卫生棉？哺乳期的妈妈是不会来月经的。

而今天更新的问题更是神经兮兮、怨愤满满：

为什么警察不去搜婆婆的房子？

婆婆的房子里会藏着一条重要证据吗？匿名人士甲说有。

为什么警犬只检查了租来的车？

警犬靠谱吗？很多案例都证明它们不靠谱。

越往下读，我越发意识到被针对的人是乔安娜，而不是阿利斯泰尔。令我吃惊的是，读到对她满是恶意的中伤，我并不觉得开心，反而决定关掉网页。

我的律师刚打电话来说听证会要如期举行，想约我下午见面，确保我们做好了准备。我奇怪他们真的要如期赴会吗，考虑到现在这样的情况。这听起来很疯狂，不过确实是阿利斯泰尔的作风，他是不会主动提出延期的。他不会输掉任何一场战斗，即便此刻他还在打另一场更艰难的仗。

律师办公室位于墨尔本里阿尔托大楼的二十三层。电梯像被施了魔法，飞速却平稳地上升。出了电梯，我愣了好几秒才确定脚下是坚实的地面。我有些恐高，所以往前台走时一直走在走廊的中间，眼睛盯住鞋子，小心翼翼不去看那些奢华的装修。地毯触感柔软，没有一点污渍。楼里放着舒缓的音乐。我迟到了两分钟，我的父亲得为此多付钱，截止到现在我们一共要付 2270 澳元。前台接待很年轻，容貌艳丽。你都能想到他们为这个地方招聘雇员时的要求：漂亮小妞，要有胸有沟，能迷住男客户的那种。要是有钱的是女人，他们该让布拉德·皮特来坐前台了。

“喝拿铁吗，多诺霍女士？”她的电脑上一定记了我上回选的热饮是拿铁。但这次我没有要，因为第一回来时那杯拿铁他们收了我八澳元，我根本没有要的意式脆饼收了三澳元。

一分钟后，我的律师请我坐下，问我近来如何，只是我早就学会了回避这种费钱的场面话。“挺好。听证会真的会如期举行吗？”我在笔记本上列了一连串问题，打算直入主题，问出答案。

“我并没有听说要改期，所以我们需要准备一下，免得到时候真的要上。不过，日期尚未确定。”

我继续问写在本子上的第二个问题：“他们现在遇到的事对我赢官司的概率有什么影响？”

“好问题。”她前后摇着她的豪华皮椅。

“我知道。请你回答一下。”

见我这么直截了当，她并没有诧异。在阿利斯泰尔把我拽进家庭主妇的深渊之前，我也是个人权律师，职场情场皆得意。在那边我没机会练习，回来之后也没能重入职场。这份工作对单亲妈妈不是很友好，而我也没有做好重新工作的准备。

“我想不出有人会觉得现在是接手照顾克洛艾的好时机。关于他们，现在有好些风言风语。人们对她的印象并不好：先是做了小三，再是把孩子一个人留在车里。有人还建了个网站专门写指控他们的证据，叫‘朗尼宝宝之证据’，每天都有超过一万的点击量。不过另一方面，这也可能增加他们的同情票。当然这取决于你和克洛艾在家是否一切都好。”

“一切都好，”我说道，告诉自己克洛艾在那桩悲剧之后旷课两天的事不足一提，“这是我老板对我的评价书。”我把评价书递给她，这是我要传达的第三条信息。上面是伯格咖啡馆的朱塞佩对我的评价，写着我在他那里每周工作十五小时，共计工作十二个月，为人诚实可靠。

“不错的工作？”

“是的，”我继续道，“我还做了这本剪贴簿。”我把本子放到她面前的桌上。“里面是我们一起做事的照片、一起参加活动的凭票、生日卡片、她为我画的画和写的小便条，还有其他这类的东西。”

律师拿起来，开始一页页翻过去。她会看很久。我从她手里一把夺回本子：“我觉得这个在法庭上会有用。”

“对，”她说道，“当然了，等你做好了就给我吧，我会看的。”我不觉得她会像我一样看重这本本子，但是我还是继续下去了。

“阿利斯泰尔在 2 月 16 日给克洛艾打了电话，留言说会再打来，准备带她出去玩。之后的一星期内他又留了两条信息，但自此之后就再没有联系了。克洛艾不想见他也不想和他说话。请记住这点。还有什么我需要做的吗？”

律师解释说过一两天会有社工上我家测评我的家庭情况。他们不肯透露具体是哪天：出其不意是测评的关键。她递给我一张同意书要我签名，也就是要我同意社工联系克洛艾的学校和我的全科医生。要是平常我会问更多问题，可是爸爸和妈妈付不起更多的钱，而且我也没什么可藏的。

“我有多大的机会？”我问道。

“80%，除非有别的事情发生改变了这个概率。”

“比如什么？”我问道。

“比如克洛艾改了主意，不愿意和你一起住了。她还是坚持要和你住一起吗？”

“比之前更坚定了。”我应该说的是实话。

“或者他们被正式列为疑犯了，这也不是没可能。现在针对他们的舆论很多。我认识一个吉朗的警察说人们议论纷纷要搜查乔安娜的婆婆家，因为警察至今没有搜过那里。”

“他们为什么要这么做？”

“不知道。但总归有原因。如果警察正式把他们列为嫌疑人，那你就赢定了。除非发生什么让你变成比乔安娜还糟糕的母亲——这个还真是有难度——除此之外你没什么可担心的。”

我签了同意书，说了谢谢，告诉她一共是五分钟，我没有要拿铁也没有要饼干，在她开口问我鞋子是哪里买的之前走了出去。

等我一回到家，让我变成比乔安娜还糟糕的母亲的事真实发生了。两位警察站在我家门口，我醉醺醺的小女儿在车道上呕吐。他们告诉我，克洛艾没有去上学，而是上了去吉朗的便车，在沙滩上喝了半瓶伏特加，在试图闯入她祖母家时被他们当场抓住。几位吉朗来的警察表示他们很理解，把她一路送回了家（车窗大开着）。其中一个穿便服的警察是个很年轻的越南人，名叫潘，似乎人很好。克洛艾对警察说她以为房子里没人，而她“只是想进去看看”。乔安娜在家里，睡着了。她并没想起诉。

在我打开门之前，一个男声在我耳边响起：“罗伯逊夫人？”我转头，看见第三个职业人士站在我家门廊下。他亮了一下证件：“我是蒂姆·肖……社会服务署。”

这个二十二岁的年轻人从没有和孩子单独待过一个小时以上，更别说要全职照顾一个孩子了，我都能想到他会在给听证会的报告上写什么。（对，我脱口而出的第一句话就是：“可是……真的吗！你几岁了？”对，我不该说这句话，你说得对，这话既侮辱人又先入为主，更会让我的测评结果比醉酒的女儿和两个警察已经确证的更糟。）也许正是因为年轻，精力旺盛，他才能在这么短的时间内做了这么多，提醒一下，我这才从镇上开到家。他已经打过电话给律师，让她把我才签过字、同意他从各渠道获取相关信息的同意书传真过去。他还打了电话给克洛艾的学校，知道了她未经允许旷课三天，知道了她八门功课里有五门成绩差得无法直视（而我对此一无所知），并且为此学校明天会专门为她开一个跨部门会议。他还联系了我的全科医生，打算等警察走了，克洛艾收拾干净上床之后，和我谈一谈。

"她要是再跑，直接给我们打电话。"潘走的时候说。

哦，天哪。

在回家的路上，我已经计划好了，为了应对社工突击，我要换上印花裙，烤一个充满母爱的蛋糕。我还想象了一下，克洛艾放学回家，喂她的小动物，给我一个拥抱，一切都昭示着再完美不过的家庭生活。

现实是，从卫生间开着的门望过去，克洛艾跪在地上对着马桶呕吐不止。而那个身穿并没能让他看起来更老练聪明的正装的社工男孩，在帮她拎着头发。她发出了掏心掏肺的呕吐声，我都害怕她要把胃呕出来。

等她吐完了，他命令我把克洛艾扶上床，一副激愤的口气，好像他不说我就不会这么做似的。（我会吗？可能真的不会。我应该会把她弄到沙发上。）"睡一会儿，"我给她掖好被子，说道，"我们晚点再好好谈谈。"

"妈妈？"克洛艾嘟囔道。

我停在卧室门口："嗯？"

她伸出手，可我快气疯了，根本不愿意回头去拉她的手。

"妈妈，回来！"她叫得很响，完全可以让厨房里的社工男孩听见。

我走回去，钳住她的上臂，用的力气比我想的还要大，然后压低声音："你知道我可能会失去你吗？你知道吗？我要被你气死了，克洛艾·罗伯逊。"

我一松手，她就开始哭，我从没见她哭成这样过。醉鬼的号啕，声调都变了，有些瘆人。"啊！"她尖叫着，"妈妈，我爱你，不要生我气！妈妈！”

社工男孩走到了卧室门口，看着我们。

“我没有生你气。”我对克洛艾说。

“你刚说：‘我要被你气死了，克洛艾·罗伯逊。’你还掐我！”

我抓住她的手。“嘘，嘘，宝贝。不是的，不是的。你喝了太多酒了，你觉得不舒服，对不对？这真可怕。我没有生你气。这段时间很难过。你过得很辛苦，很辛苦。你只需要哭出来，哭出来就好了。我没有生气。你是我的小宝贝。我爱你。”

“你也是我的小宝贝，我爱你。”她说道。

社工男孩走到了我身边，盯着克洛艾的左臂，挑起眉毛，只见上臂处留了一个红色的拇指印，乍一看的确像是掐出来的印子。

十分钟后克洛艾消停下来，这期间社工一直待着没走，看着手指印慢慢褪成淡粉色，但没有消失。

我们回到厨房，我注意到他目光落在了脏盘子边的半瓶酒上。事情发展成现在这样，我几乎要认命了，等克洛艾一醒来，这个穿正装的小毛头肯定就会把我女儿直接交给阿利斯泰尔或者哪个儿童之家，我现在只想拿起那瓶酒往嘴里灌，然后提着酒瓶醉死在床上，但我忍住了。深吸一口气，我问他喝茶还是咖啡。他选了茶，说了谢谢，不加糖。水似乎烧了一小时才烧滚。

他呷了一口，把杯子放回厨房长台上，身子前倚：“你的抑郁症怎么样了？”

他显然已经拿到了证明我失职和虐待克洛艾所需的所有信息，话题直接跳到了犯罪原因。我去看过外科医生两回，开了抗焦虑的药，一次是两年前，还有一次是六个月前，我解释道。两回都是因为我不想整天整夜在脑子里和阿利斯泰尔争辩，不想再去想他对我做的那些事。我希望药品能带走恨意。我希望它能让我对此无动于衷。“我没有抑郁，”我的口气听上去一定像在狡辩，“我只是在离婚之后有些焦虑。但是医生开的药对我都没有用，我就只能靠自己熬过去。”事实上，两次我都只吃了一片药。每回一吃药，我就觉得自己真的要疯了，我以前从没有过这种感觉。

“那酒瘾呢？”他朝长台上的酒瓶点头示意。

“我有尝试过把量控制在每周十四杯以内。”

他挑了下眉。

“虽然不是很成功，但我一晚很少喝超过三杯。我在苏格兰的时候喝得要更多一点。我在那里很孤单。”我如实告诉了他，反正他也会在听证会上知道，倒不如我自己先说出来。“一周二十一杯，还是喝得多。我知道这样对我的健康不好，但我从来没喝到醉过，至少从我独自抚养克洛艾起就没有过。”我绞尽脑汁想了想——这话我有没有和医生说过？这不是假话，我应该说了。

“你在一月份的时候曾被指控酒驾。”

“我在午饭时喝了两杯红酒。这不是借口，我只喝超了一点点。我以为自己没事。我想我是没有吃够东西才会变成这样。”我说话还能再像酒鬼一点吗？

他没在记笔记，但我几乎可以听见他的脑子在咔咔作响酝酿对我的评语。

他问起我爸妈，我告诉他我们一周至少见三次，克洛艾是他们唯一的外孙女。他们现在住在一间退休小公寓里，年纪大了比不得年轻时活跃，但是两人都很疼爱克洛艾。他回答如果可以他可能会给他们打电话。之后他又在屋内四处转了转，面带谴责地看了眼茶几上两张像是 DVD 的东西，上面标注着十八禁，又转向餐厅展柜上摆着的伏特加和杜松子酒。

我脑子一热，从包里一把掏出剪贴簿递给他。“克洛艾和我，我们一起做这个好几年了，”我说道，“是像亲子日记一样的小册子。”

在他一页页翻看的时候，我一直盯着他的脸，看着他从写着甜言蜜语的生日卡片翻到我们一起参加各种活动的照片。有一张是我们在一起滑冰，一张是我们手提购物袋在电车上，一张是我们在公园打篮球，一张是我们一起遛菲尔家的狗，一张是我们一起做指甲。我克制住对自己作品的扬扬得意，大气都不敢出。

“我喜欢黑底衬着银色波纹的图案。”他指着克洛艾指甲的特写图说道。

我看着那张指甲的照片。我们画了一样的图案——只是克洛艾的是黑底银色线条，我的则是白底银色线条。

他翻页看向其他的照片。“真有意思，做了这么多事你们的指甲都不会褪色或者缺口吗？”他指着每一张照片上我们的指甲，一样的图案，一样的完美。

“克洛艾怎么每次穿这一件白 T 上面都有一样的污渍，那是做巧克力蛋糕的面浆？”

被无情地揭穿，我窘迫不已。这些事情都是阿利斯泰尔的律师打电话告诉我他要上诉拿回监护权之后才开始的。我拽着克洛艾跑遍了这座城市，虽然她一直抱怨说这是我这辈子做的最蠢的事，我还是疯了一样四处拍照。

“啊，那块污渍怎么都洗不掉！”借口太扯，谁都不会信。我啪地合上本子，塞回包里。

“哟吼！”我爸妈来了！“你在这儿呢，宝贝？”忙乱之中，我忘记关门了，他们就直接进来了。老天，求你让爸妈救一下场吧。

社工男孩和他们在起居室里谈了足足有一个半小时，我有些坐不住。我去看了看克洛艾，她鼾声大作，活像个老酒鬼。手臂上的指印已经不见了。我又去把碗洗了，翻检了一遍冰箱，打算做一些好妈妈牌的吃食。冰箱里有速食肉丸。我撕开包装取出肉丸，把包装纸扔进垃圾桶，随即想到可能会被他看见，于是把包装纸翻了个面。我抓了把糖粉（该死，没面粉了），撒在长台上，把肉丸压成了一大坨肉，往里加了些晒干的迷迭香叶，开始重新擀肉糜，裹上一层糖霜。他们出来的时候，我已经重新揉好了一半肉丸，厨房里乱得恰到好处。爸妈和社工男孩脸上都带着笑。我拿不准这是不是好事。

他伸出手打算和我握手。

“抱歉，克洛艾醒来之后得吃东西。我手上沾的都是碎肉！”

他瞟了一眼我手上的肉末：“你妈妈说克洛艾是素食主义者。”

“哦……”我白了妈妈一眼，她的脸顿时红得和身上穿的粉色毛衣一个颜色，“这个，呃，这个是我自己吃的。”

该死！

20

乔安娜

二月十八日至二十八日

事发第三天，乔安娜进了伊丽莎白的卧室，走到她桌子边。伊丽莎白，或者是阿利斯泰尔把信件整理在了一个文件夹里，把邮件打印了出来。这些信大多是陌生人寄来的，有为他们祈祷的，有寄钱来的，但其中有一封是从她的学校寄来的。

亲爱的林赛女士：

不敢相信竟然发生了这样的事，我们希望你知道我们一直在挂念着你，并为诺亚祈祷。我们已经筹集了427英镑，希望能帮助寻找诺亚。我们每天都能筹到更多的钱。你能把筹款的账户告诉我们吗?

爱你。

5年C班、6年B班以及哈奇森文法学校全体学生还有一封是她的前男友迈克寄来的。

乔安娜、阿利斯泰尔：

我全心全意祈祷诺亚能安全回家。

爱你们的迈克

可爱的迈克。要是他们当初没有分手多好。她原本可以跟他去日本，或者她可以等他回来。那么在之后漫长幸福的人生里，他们可以互尊互重，好商好量。

乔安娜无法忍受这样伤害自己在乎的人们。她在桌边坐下，提笔写起了忏悔信。她刚写下：“大家，请不要为我祈祷……”紧接着就听见了后门打开的声音。她把在写的那页纸撕成小片，随手抓了一把信打算之后读，然后飞快跑回了自己的卧室，把信藏到了被子底下。

第四天，乔安娜把手机带进了卫生间，登上网。当她读到博客或者新闻报道里人们同情的话语，她就攥起拳头往墙壁上砸，手上好几处都出血了，墙灰簌簌剥落下来。当她读到人们满怀恶意的怀疑和指控，她就笑起来。尽管怀疑吧，求你们了，她这样祈祷道。怀疑他指甲里为什么有泥，怀疑我们是什么样的父母，怀疑凶手就是我，对，就是我。

她也没有听阿利斯泰尔的话，忘了克洛艾的事。她没有过问，但阿利斯泰尔没有提要把听证会推后。如有必要，他还可能利用现在的形势为自己增加筹码。她要早些和他谈谈这件事。她要让他把听证会取消，现在这个时候去争监护权未免太可笑。她怎么可能照顾好别人的小孩，想想就荒唐。

最重要的是，乔安娜现在满脑子想的只有诺亚的长眠之地。她渴望能去那里。她知道自己去不了，所以只能在破晓时分穿过街道，走到邻居家的树下，用手抚摸树叶。“你好啊，宝宝，”她会呢喃，“你好啊，小男孩。我能听见你的声音。我能听见你的声音，诺亚。”

第五天，乔安娜和阿利斯泰尔在警局待了几个小时。她反复重复那一套口供，到最后，这个故事就像一段祷文，一句咒语。她在度假别墅里喂了奶，她把奶挤了出来，她忘了自己需要卫生棉，她跑进了店里，等等等等。圣母马利亚，阿门。

在两人分开做完笔录之后，她看着阿利斯泰尔在网上看防水衣和小货车的照片，两位警察在他身后，听他说，不对，不对，对，对，就是这个，和这个很像。

在阿利斯泰尔看那些性侵犯的照片时，她也在边上看着。那个穿防水衣的人从背后看真的像他吗？体型？大？还是小？瘦吗？和他差不多？

不，呃，我不确定，可能是。

天哪，这个男人真行。

乔安娜看着阿利斯泰尔细看亚拉腊的一个加油站里监控摄像拍下的一张照片，照片上有个男人手里抱着孩子。孩子在哭。

“你知道那绝对不是他，”乔安娜说道，“诺亚比他小，比他好看多了。诺亚有黑羽一样浓密的睫毛！”

警察又问了一遍仇敌的事。他们有吗？政治敌人之类的？

没有。

“你确定亚历山德拉不会做这样的事吗？为了报复？”

“我想象不到。”阿利斯泰尔说着，面露隐忧。看见他的表情，那个女警察扬起眉毛，又问了一遍。

“你确定？”

“我确定，”乔安娜越过他说道，“她不是坏人。而且她还有不在场证明，不是吗？她和克洛艾一起在墨尔本。”

听见她的回答，阿利斯泰尔扬了扬眉毛。注意到他的表情，女警察再次挑眉。

“你到底在干吗？”上了车，乔安娜斥道，“你要给她安上莫须有的罪名吗？放过那个可怜的女人吧。等回了家，我们需要谈谈。”

乔安娜动了怒，带着阿利斯泰尔直接进了卧室。

“坐下。”她说道。

“什么？这是怎么了？”

“警察在单独问话的时候又问了我有没有敌人的事。他们给我看了张照片，是你去年十一月在哈罗盖特的酒店开会时拍的，照片上你和一个红头发的女人在酒店外抽烟。你们两个的胳膊几乎贴上了。”

从他的嘴形上，乔安娜觉察到他在不安。他反击道：“警察也问了我有关你银行的秘密账户的事，里面有四万英镑。四万英镑，乔安娜。你瞒着我存钱做什么？”

那根本不是秘密账户，她只是觉得有钱存在那里安心，而且那都是她自己的钱，只是以防万一。她不想谈这个。“她到底是谁，阿利斯泰尔？第三者？还是说你爱上她了？她是下一个我吗？”

阿利斯泰尔以手覆面：“我的天，我们不能这样。我们都疯了。”

“她是谁？你又是什么时候开始抽烟了？”

“我们要因为这事决裂吗？你在怀疑我？你不信任我？开会无聊的时候我偶尔会抽一两根。我根本不记得去年十一月有个红头发女人在我附近抽烟！在我们一起经历了那么多之后，在你知道我有多爱你，为你一次又一次放弃所有之后，你怀疑我？这世上没什么是我不能解决的。我甚至可以学着接受失去诺亚，但我唯独接受不了这个。”

他这些日子很容易落泪。一见他的眼泪，乔安娜软了下来：“好的。好的。我不怀疑你。”

阿利斯泰尔用手擦干眼泪，抱住她，过了一会儿，他开口道：“我们要团结在一起才能渡过这个难关。我们一定要保持冷静。”

乔安娜发烧了，但她瞒了好几天，享受着战栗和烧昏头脑的感觉，除却头疼一切都变得虚幻失真，她终于放松了下来。但在诺亚走了的一周后的早晨，她突然醒来，浑身浸在汗里。“我听不到他哭了。”她对着一脸惊恐的阿利斯泰尔说道。

等阿利斯泰尔追上她的时候，乔安娜已经跑到了路对面，扒着那棵蒲桃的树干。“诺亚！”她啜泣着，“妈妈在这儿！妈妈想和你说话！”

阿利斯泰尔把她拖了起来，往家里带。“亲爱的，亲爱的，你在发烧。嘘……我们回床上去。我们找医生来看看。”

“来，吃了。”全科医生来了以后说道。乔安娜恍惚中听见了几个词：发烧，惊吓，神志不清，还有一些断断续续关于创伤后应激障碍的对话。她的体温飙升到了四十摄氏度，不断出汗，不停发抖。

他们以为她睡着了，在几个邻居合力把她带回家以后，留她独自待了几个小时。乔安娜像怕黑的小孩一样躲进被子里，打开手机搜索谷歌，啜饮着人们的猜测。她看见了一篇昨天还没有的新博文。

全推特的人都在猜测：什么样的女人会把自己的孩子独自留在车上？那我来说说我的想法吧。我认为会做出这种事的女人肯定习惯了撒谎。这种女人会出轨，做事偷偷摸摸，抢人家的老公，毁人家孩子的生活。

当然现在，这纯属我个人想法。我是这样想的。我认为乔安娜·林赛不知羞耻，令人作呕。我相信她就是个骗子。我认为她有罪，是她杀了自己的儿子。

我一定会证明自己的想法是对的，这也是我开设这个账号的目的。这个博客是为诺亚伸张正义的。

诺亚失踪已经一周了。下面截取了我的博客里其中两个读者的评论——

“她为什么不去找自己的孩子？孩子失踪之后，她就一直把自己锁在她婆婆家里。什么样的女人才会连找都不去找一下？”

“她在电视上看起来真冷漠。她都没有哭。什么样的女人才会不哭？”

欢迎大家在评论区留言。

或者，如果大家有任何消息和想法，想要私聊我，请发邮件至juticefornoah@hotmail.com。我会为你保密信息。

要是乔安娜没发烧的话，她可能不会这么做。看完文章她立即申请了一个邮箱账号，联系了博主。

收件人：juticefornoah@hotmail.com

发件人：anonymoussympathiser@gmail.com

亲爱的博主：

被汗打湿的拇指在颤抖。乔安娜花了很久才写好消息。

你说得对。这个女人是个坏女人。我有内部消息，但我不想公开我的身份。你能保证我们对话的安全吗？

乔安娜在被子里把自己蜷成了一个球，头抵着膝盖呻吟，三分钟后邮件回复跳了出来。

如果你的消息对搜查有帮助，会以匿名方式公开。你的身份很安全。

乔安娜回复：

谢谢。今天早晨，我看见乔安娜·林赛被邻居从街对面送回了家。她之前在和一棵树说话。疯子！她被注射了镇定剂。

“你在被子底下做什么，宝贝？”阿利斯泰尔站到了床边，把被子往下拉。

他是什么时候进来的？乔安娜把手机塞到身子底下，回道：“什么也没做。”

“一切都会好起来的，我向你保证。”他亲了亲乔安娜滚烫的额头，“哦宝贝，你烧得厉害。休息吧，亲爱的，休息一下。一切都会好起来的。你知道我爱你对吧？”

第二天，乔安娜烧得更厉害了，对卧室之外发生的事一无所知。阿利斯泰尔和伊丽莎白轮流给她喂水喂汤，将柯丝蒂、她的同事还有早已疏远的亲戚发来的消息告诉她。

阿利斯泰尔给她喂药。“不，这不是抗生素，宝贝——嘘，别动，别动——这是镇定药，这是抗抑郁的药，还有这个是止疼片。”他说着，把药放到她舌头上，然后舀了一勺药浆灌进她嘴里。

乔安娜没力气争辩，但她知道药浆是抗生素。每回阿利斯泰尔喂她这个，她就会想起自己做过的事，然后忍不住反胃干呕。

那天晚上，阿利斯泰尔在卧室内卫帮乔安娜洗了澡，扶着她进浴缸，帮她洗身子，扶她出来，用毛巾帮她擦干。

晚上他留乔安娜独自在房内睡觉，她高烧不退，开始出现幻觉。每每睁开眼，画面都是无数线条把物品连在了一起——从门到箱子到窗户，从下巴到枕头到胸口，从桌子到书架到台灯。甚至闭上眼时残影仍历历在目。她虚弱到已经无力去追究原因了，眼前的线条连成了三角，无处不在。

一幕幕往事也在眼前闪现，那样生动鲜活，仿佛能感受到布料与肌理：她坐在 17H 的座位上，诺亚的连体衣贴着她的臂弯，软软的，他的嘴唇也是软软的，而她扳开他的嘴唇，准备用手里的毒药杀死他。

也许，她真的得了创伤后应激障碍。她真的觉得自己疯了。半夜里，她再次给那个博主发了消息。

“我听说她卧病在床，”她输入，“听说她精神失常了。她出现了幻觉！”

“谢谢你的消息，”博主回复，“如再有消息请继续告知。我保证不会把你的邮箱地址透露给任何人。”

过了两天，乔安娜还是虚弱，下不了床。她躺在床上，开始仔细观察这个房间，还有房间里的东西。卧室墙壁刷成了海蓝色，大飘窗正对着后花园，干净的白色百叶窗合着，自从她病倒后就没有拉开过。这是阿利斯泰尔童年的房间，他的很多东西都原封不动摆着。板球和足球赛奖章在抽屉里码放得非常对称。政治书、历史书还有全套斯蒂芬·金的小说塞满了一书架。罗伯逊家族的族徽装裱在厚实的棕色橡木框里，上面是拉丁文 VIRTUTIS GLORIA MERCES，意义不明。阿利斯泰尔的父亲在二十三岁的时候从斯特灵移民到澳大利亚，自此有了这个族徽，所以阿利斯泰尔能拿到英国的永久居留证，会在爱丁堡的重大活动上穿红蓝绿格子的苏格兰短褶裙。他们刚遇见的时候，她以为他们有很多共同点——祖籍都是苏格兰，都对政治有兴趣，都是家中独子，家庭背景也差不多。

还有什么呢？他七年级的校服钉在门上，衣服上写满了同学的签名。床后的墙上挂着一张装裱好的毕业照——照片上的阿利斯泰尔一定只有十四岁左右，和克洛艾一般年纪。事实上，他们长得一模一样：都有着极具穿透力的棕色眼睛。边上是一张他父亲在网球场的照片。他父亲是位全科医生，在阿利斯泰尔十三岁的时候因为皮肤癌去世了。房间里有很多他父亲的遗物：装在相框里的行医执照、他在重要会议上发表演讲的照片、他与某名人握手的照片。如果你是位侦探，根据这间屋子里的信息，你会推测阿利斯泰尔的父亲是位成功人士，身居要职，而他的儿子很尊敬他。

曾经，他们因为幼年失父而相连，乔安娜的父亲也在她小时候消失在了地球表面。有一天晚上她从柯丝蒂家回来，发现他的包和吉他都不见了，而妈妈在卫生间里哭，还有一张留言条写着“乔安娜，对不起。我会和你保持联系的，爸爸”。他所说的保持联系就是三张生日卡片：“你今天十三岁了！”“十四岁生日快乐！”“不敢相信你已经十五了！”除了乔安娜在柯丝蒂的鼓励下打的那个电话，他们再也没有通过电话。她甚至不知道他住在哪里，应该是在加拿大的某个地方和“那个在冰岛拍摄时认识的年轻电影摄影师还有她的两个小屁孩”在一起，像妈妈说的那样。最开始的时候她埋怨妈妈，就像所有女儿一样。而妈妈默不作声承受这一切，就像所有妈妈一样。当乔安娜的妈妈死于肺癌的时候——也就是六年前——她的遗言是:“去找你爸爸。原谅他。”她抓着妈妈的手，看着她在煎熬中死去，心里想的是:“去他的，让他下地狱吧。”

“你有没有觉得冥冥之中有事物将我们系到了一起？”某天下午乔安娜和阿利斯泰尔在旅馆，她开玩笑道。

“我觉得我的心系到了你身上。”阿利斯泰尔回答。

如今乔安娜回望那些美好时刻，所谓的美好却荡然无存。比如，当她重新拼凑起当初旅馆的画面时，她能听见阿利斯泰尔的手机响个不停,他却没有接起来。她能看见床头柜上快空了的酒瓶，她灌了那么多酒下去只为了抹去心中的负罪感。她能听见外面工作的人的响动因为那是白天，她能摸到他们偷情的低档快捷酒店床上廉价的尼龙床单，她记得她说了“接啊”，然后阿利斯泰尔说“不，去他妈的”。

总之，在那段记忆里没有一处称得上是美好的。躺在旅馆床上的时候，她觉得自己恋爱了，但是也许任谁能让她在四个小时里高潮三次，她都会爱上他。

另一回,他们开车去乡村,乔安娜让阿利斯泰尔讲讲他的父亲。

“他总是在工作,”阿利斯泰尔说道,“我记得我想和他一起去钓鱼，但是他一推再推。‘下一周！’他嘟哝着说，‘别烦我了，小子！’”

乔安娜伸手过去，揉了揉他的腿。她对自己说这个特殊时刻她要珍惜一辈子：脆弱的阿利斯泰尔,向她敞开了心扉。现在回看，她记得自己当时不得不从车后座把手伸过去，因为她得躺在后座上不让人看见。阿利斯泰尔一路开出城，她能看到的只有街景的顶端：树顶，屋顶，还有街灯。她躺在座位上想，这就是她现在的世界：所有的东西都被拦腰切断，没有一样落在实处，没有一样有根基。乔安娜记得车在一条乡间小道上停下，她想：动起来，乔安娜，你要在这里和他交媾，就在这个座位上，你只有一个小时。快点，酒在哪里呢？

当然，他们都缺少父爱。阿利斯泰尔早已经不在乎了，而乔安娜仍受困其中。

躺在床上看过去，乔安娜可以看见一只侧面用粗头油笔写着“阿斯科特山谷”的箱子。阿利斯泰尔和亚历山德拉在移居英国前就住在墨尔本的郊区。一定是他们把箱子存在了这里。

第一次，乔安娜见到了过去的阿利斯泰尔，了解了他的前半生。这间房间出卖了他——争强好胜、控制欲强、渴望父爱。她不喜欢这个房间，不喜欢这样的阿利斯泰尔。

乔安娜把腿挪到床外想起身，却被什么尖锐物划到了腿。是卡片的边缘。对了，她前几天藏了几张在被子底下。她伸手进去取信，开始看起来。

其中一封信是一个同样丢了孩子的母亲寄来的。她立马就认出了这个悲痛万分的母亲的名字——谁不会呢？

我明白你的感受。人们会说你不配做女人。会说你是个坏妈妈。会说你是个骗子。他们会把你过去所犯的错误全部扒出来，揪着你不放，对你指指点点。而这时候你的心在一点点死去，因为你的孩子没了，你只想寻一个真相。你只想知道他经历了什么，他现在在哪里。

我明白你现在经受的折磨有多可怕，不，那就是人间炼狱。如果你想要倾诉……

乔安娜不忍再读下去，这个善良的可怜女人以为乔安娜与自己同病相怜。她把卡片放进信封，塞回了被子底下。

有几封是陌生人寄来的——里面写了祈祷，写了安慰，还附了两张支票，一张一百澳元，一张二十英镑。

还有一封是埃默里女士寄来的。“你可能不记得我了，”她写道，“不过在格拉斯哥起飞的飞机上我就坐你旁边。你的行李掉在了我腿上，你对此愧疚不已。我一直忘不了你小宝宝的样子。你的那次飞行太糟糕了。我希望那时候我能多帮帮你。如果有任何我能做的，这里是我的电话——55578345。我的地址是维多利亚州，帕克维尔，安布罗斯北街 12 号。任何事都可以。”

乔安娜也希望那位老太太能多帮帮她。那趟飞机上的那些浑蛋如果能多帮她一下的话，诺亚也许还活着。

乔安娜将那张卡片连着剩下的一起扔进了被子，才一起身，就头晕眼花差点昏过去。她靠在墙上稳住身子，慢慢朝箱子所在的窗下挪去，打开箱子，从里面拿出两只价格不菲的厚重橘色炖锅。阿利斯泰尔说他喜欢做饭，虽然他每次做饭的时候脾气都很大（从我的厨房里出去！把音乐关掉！）。为了做出好料理，他需要最好的厨具，所以他在苏格兰也买了一样的炖锅。锅子下面是两本相册。

翻看着结婚相册，乔安娜的心像在被人揪扯。第一页的请柬上写着亚历山德拉与阿利斯泰尔的婚礼将在一列老式蒸汽火车上举行，列车由昆斯克利夫开往德赖斯代尔，途经天鹅湾。请柬金页上方印着“天作之合”的字样。照片上，亚历山德拉与阿利斯泰尔在车窗后对大家挥手微笑，看上去就像天下所有的年轻夫妻一样恩爱快活。亚历山德拉秀发及肩，身穿抹胸裙，身材完美。乔安娜看着这些照片——亚历山德拉与阿利斯泰尔在火车上交换誓言，在德赖斯代尔的月台上伴着爵士乐起舞，之后又在豪华的维多利亚斯科利夫酒店的沙滩上举办宴会——她并不喜欢自己此刻的心情。甚至连那个外表呆板的伴郎似乎也疯狂地爱着亚历山德拉——几乎在所有照片上，他都出现在背景里，像忠诚的小狗一样望着她笑。她不确定自己现在的心情是不是嫉妒，但这让她对自己感到厌恶。天作之合！乔安娜把相册和炖锅放回箱子，抽出另一本相册带回床上。

这一本相册看来更是张张戳心。照片底下的题字不是出自阿利斯泰尔之手，那一定是亚历山德拉写的。

阿尔夫妇于弗雷西内郊游！

看我们做了什么！克洛艾·伊丽莎白·罗伯逊，7月4日。

克洛艾的第一颗牙！

克洛艾上学第一天。

爸爸和克洛艾一起造了南半球最棒的沙堡！

克洛艾四岁生日，爸妈和克洛艾合影！

克洛艾，九岁，斯特灵城堡的女王！

乔安娜用尽气力走回箱子边，想把相册放回去。

就在她在箱子边跪坐下来的时候，她瞥见了自己从格拉斯哥带来的那只黑色小行李箱。她爬到床边，把行李箱拖了出来，抱在了怀里。乔安娜吻了一下箱子，拉开拉链，深吸一口气，将空箱子的气味吸入胸腔。她能闻到诺亚的味道吗？不能。但就在她重新拉上箱子的时候，她摸到了外侧前袋有小小一块鼓起。阿利斯泰尔已经清过箱子了，但他一定是漏掉了什么。

诺亚的红色小围嘴，他在飞机上戴的那条。乔安娜将围嘴贴上脸颊，感受着布料粗糙的触感。她知道那块粗糙的地方是什么，是她给诺亚喂的毒药洒在围嘴上凝固了。

乔安娜一时无法呼吸，呕在了地板上。

“你没事吧？”伊丽莎白听见了响动，走到了门口。

乔安娜把围嘴塞进睡衣里面。“实在对不起。”

“哦亲爱的，不用道歉。我来收拾就好。”伊丽莎白注意到了地板上的相册。她笑了笑，返身回来收拾好脏污，把相册放回箱子，然后坐在了床沿。她端来了一碗温水，用湿毛巾轻拭乔安娜的脸。

“它让你难过了，那本相册？”

伊丽莎白原可以成为一个出色的护士，乔安娜想着。她有着温柔的手和抚慰人心的嗓音。乔安娜点了点头，嘴唇微颤，压抑着哭声。

“不要放弃希望，我们会找到他的。”

那块软绵的围嘴是发生过的事情的见证：铁证如山。它正顺着睡衣料子往腿下滑。

乔安娜隐忍着不说出在脑中叫嚣着的那些话：不会的！他已经死了啊。而是问道：“他和你说起我的时候，你有吃惊吗？”

“我没有……算不上吃惊。他向来就是这么……说满怀激情合适吗？他的生活总是跌宕起伏，总是这样。婚姻也是，做父母也是，我总担心他会奋起抗争。”

“你生我气吗？我破坏了一个家庭。”

“不，乔安娜。有一件事情我再清楚不过，那就是我们女人要团结一心。”

“他认识我一个月才告诉我他结婚了。”

伊丽莎白不赞同地啧了一声。

“亚历山德拉是个好妈妈吗？”

“是的。”

“我不是。”

“你当然是个好妈妈，”伊丽莎白说着，绞了绞毛巾，又在温水里浸了下，“他给我打电话时尽夸你是个多好的妈妈了。说你和诺亚在一起时有多光彩照人。”

“不是！”

“你是！”

“你对阿利斯泰尔要拿回监护权的事怎么看？”

“我觉得一个孩子应该有爸爸有妈妈，也应该和她的外祖父母在一起，克洛艾小可爱。她很亲近他们。”

乔安娜环顾房间：“我不确定自己真的了解你儿子。”

伊丽莎白将毛巾放进碗里，又把碗放到地板上。乔安娜希望能收回前言，她并不想惹恼伊丽莎白，但是天啊，能向别人倾吐内心的感觉真好。

伊丽莎白握住她的手。谢天谢地，她没有生气。“哪个女人能真正了解自己的男人呢？”

“我想了解。”

伊丽莎白将乔安娜这几天端详过的景物收入眼底。“他小的时候经常一声不响跑出去，爬到屋顶上然后跳下来，或者做一些其他调皮的事。我都不知道有多少次出门买个东西他就不见了。有一回他在前滩丢了，我只好报警。他很冲动，经常搞破坏，但是很可爱，你懂我的吧？可怜的阿利斯泰尔，”她说道，“在十三岁的时候没了父亲。然后他就变了。或者，我该怎么说呢？那之后他身上那些不那么好的品性就显露了出来。你知道男孩子都是什么样的——我尽了最大的努力，但他们从来不把妈妈太当回事。”

我也是这样的吗？乔安娜想道，爸爸离开了我，也毁了我？她没有想过这个问题，从来没有过。“我没想把克洛艾从她妈妈身边带走。”啊，她说出来了。

“你们不能像我和阿利斯泰尔的父亲一样，总是用传统的夫妻方式解决问题了。我们是在吉朗私立医院的南-2 病房相遇的。我的记录板掉在了地上，他帮我捡了起来！再之后，我是照顾家庭的女主人，他是人人敬仰的全科医生。我和他能照着传统的方式走下去，换一个人也可以。我只希望有个办法能让克洛艾既能不失去父亲也能不失去母亲。”

“但阿利斯泰尔不会想这样。”乔安娜说道。

“他气极了，气她跑了。他也许会改主意。”

“你觉得他是会改主意的那种人？”

伊丽莎白耸肩。她们都清楚阿利斯泰尔不是那种人。

“他去哪儿了？”乔安娜问道。

“去警局了。我们不想惊动你，不过又有人报警说见过他！”

“是吗？”

“对啊，这次听起来……你看，对不起，我不想让你空抱希望。”

“你没有。”

“哦，可怜的乔安娜。”伊丽莎白拿起床头的梳子为她梳起头。

“伊丽莎白，我们送你的那本日历，我能看看吗？我没有照片在这儿。我要看看他的脸。”

伊丽莎白立马去取了来，轻轻放在乔安娜膝上。“要我留下来陪你吗？”

乔安娜摇了摇头，等着她合上门。她从裤腿里抽出围嘴，和那些信一起塞进了被子，手指抚上第一张照片。一月——医院，诺亚裹在白色毯子里躺在乔安娜臂弯中。乔安娜笑得那么真。她很开心。诺亚没有在哭。她颤抖的指尖摩挲着他的脸，翻到二月——家门前，诺亚躺在婴儿车里，睡着了，身上裹着他死时裹的那条蓝色毯子。乔安娜亲了亲照片，嘴唇抽搐，溢出撕心裂肺的号哭，直到几个小时后，阿利斯泰尔走进来，从她怀里夺走了日历。

她听见阿利斯泰尔在厨房里冲着他妈妈吼：“你是怎么想的？我说过她现在需要的是什么，我说得不够清楚吗？”

她听见伊丽莎白反驳：“这孩子需要哭出来。”

“她需要休息！她不需要被提醒！”他摔了什么东西，可能是门。

乔安娜蜷缩成一个球，嘤嘤呜咽，手摸到胸上揉捏，希望痛苦的痉挛与坚硬的触感可以回来。她用劲揉捏、挤压，也改变不了它们现在一无是处的事实：柔弱，无用，空无一物。

害怕会被抓个正着，乔安娜匆匆编了条信息，都没有顾得上改正拼写错误。

收件人：justicefornoah@hotmail.com

发件人：anonymoussympathiser@gmail.com

为什么捕乳期的妈吗要买卫生棉？

为什么他们要把车座垫和婴儿车坐垫洗了？

为什么警察从来没叟查过婆婆家理。他们应该叟一下。

匿名者甲

乔安娜早上是被摇醒的，阿利斯泰尔抓着她的手臂粗暴地摇晃她，要她起来开晨会。

“怎么了？怎么回事？”

阿利斯泰尔惨白着一张脸，带着怒气，塞了两片镇定药进她嘴里，然后拍松枕头，冷静了一下，拉她坐起来靠着枕头，好用一个舒服的姿势听他讲话。“你身体还好吗？”他问道。

“你吓到我了。出什么事了？”

“计划全变了，”他说着，把叫醒她之前放在床边的一杯茶递过去，“我得想一个备用计划。”

“慢慢说，阿利斯泰尔。”

“我被停职了。那个狗娘养的詹姆斯·莫耶又在网上作妖了：‘越来越多的人开始怀疑工党的公关大师和他的情人。’这个浑蛋！他后面还提到了这篇博文。不管是谁写的绝对是在针对我们。”

阿利斯泰尔揪着前额的头发。当心点儿，乔安娜想着，小心这块头发也掉光了。“他们怎么能停你的职呢？”

“一个小时前理查德·戴维斯从伦敦打来电话。他说他有内部消息，一个匿名人士向警察举报说这个房子里有证明我们有罪的证据。还说这篇该死的朗尼宝宝的文章要上报，我们是嫌疑人了。警察还没有正式声明，不过快了。也许还有人知道真相，一个和我们关系很近的人。这个房子里能有什么？警察会觉得这里有什么？我搜遍了每一寸地方。什么也没找着。你能想到什么吗？”

“呃……”

“拜托，想一想！”

“我在想。”乔安娜确实在很卖力地想。她现在就可以结束这一切，把这块围嘴放回原处，一切结束。

“我们的生活会被毁了的，乔！它被毁得还不够吗？帮我想想。求你下床帮忙找下。妈妈出门了。我们在这件事上是绑在一起的，我们的人生是绑在一起的。你必须要帮忙想！我要疯了。我很害怕。我需要你！”

乔安娜被他的反应吓坏了，她伸手到被子里，摸出了那条围嘴递给他。

“这是什么……？你从哪儿……？”

“我给他喂药时他戴着的就是这条。我昨晚在行李箱里找到了它。我们忘记把它处理掉了。”

阿利斯泰尔摸了摸药渍干掉的那块：“可是怎么会有人知道呢？”

看着围嘴乔安娜忍不住又哭起来。

“怎么会有人知道？！你和谁说过吗？”阿利斯泰尔凶道。

她发现对阿利斯泰尔撒谎比她想的容易。在做情妇期间的九个月里对着每个人撒了一遍谎，乔安娜也是有学到一两样东西的。“我一直在这里，在床上。不可能有人知道。除非有人比我早发现。事发那晚屋子里到处是警察。他们应该不是发现了这块围嘴，只是起了疑心，想要进来检查一番。”

“你真他妈疯了！你觉得自己在干什么？把它藏起来，不让我知道？”

“对不起。”她哭道。

乔安娜从卧室窗户看见阿利斯泰尔在后花园点起烤架，看着儿子的遗物在燃气火焰里一点点化为灰烬。随后他用剩下的火烤了几根香肠，边烤边沉思。

等他端着一盘香肠夹心的面包回来时，他已经完全冷静了下来。“对不起。真的对不起，我不该这么和你说话的。这太可怕了。我拼命想把一切拼凑回正常，但事情却脱轨了。我太害怕了，我怕有人知道了什么，或者看到了什么。我不敢相信他们居然停了我的职。”

乔安娜把盘子推开了。“我不会吃这个的。”

“哦天哪，当然了，对不起。我得用一下烤架，在那之后，你知道的……免得他们注意到烤架被点着过。”阿利斯泰尔将盘子放到了地上她看不见的地方。

乔安娜把手放到他肩上。她爱将自己脆弱的一面展现出来时候的他。这就对了——她爱他。她当然爱他。

阿利斯泰尔在她身边躺了下来:“抱住我，乔安娜。抱紧我。”

一小时后潘和他的组员到了。阿利斯泰尔和他们很熟，直到刚才他们还是盟友，只不过这回没有茶也没有香蕉蛋糕招待。门外是熙熙攘攘的记者,门内是翻箱倒柜的警察。伊丽莎白也回来了，与乔安娜和阿利斯泰尔一起坐到了沙发上。“这完全是浪费时间，浪费精力。”她抽泣道。

潘探长告诉他们没有找到可疑物品，并在离开时表示了歉意。“我们不能放过任何一条线索,请理解。”阿利斯泰尔的前盟友说道。

“当然。任何能帮我们找到他的事我们都愿意去做。我只希望不要再浪费一点时间了。”阿利斯泰尔关上门，长长舒了一口气。

午夜时分，乔安娜听见后花园里有响动，于是爬起来去看个究竟。只见阿利斯泰尔不知把什么东西放进了工具房里。那是什么？她听见他走回屋里，然后主卫的淋浴打开了，水声响了很久。另一扇门开了。洗衣机的嗡嗡声。阿利斯泰尔爬上床在她身边躺下来时，乔安娜装作睡着了的样子。他伸手环住她，亲了一下她的后颈。

“嗨。”这是乔安娜能装出的最像熟睡初醒后的声音。

“嘿，你醒了。你一直都没什么精神。我不喜欢你离我很远的感觉。你恨我吗，乔？你不爱我了吗？”

乔安娜转身抱住他:“当然不会。”

阿利斯泰尔的脸离她太近，她的目光无法聚焦在他眼睛上。她往后挪了下:“你说的备选计划是什么？”

“哦，没什么。已经没事了。我们会没事的。”

第二天早上阿利斯泰尔叫醒她，说道：“是时候走出这个房间了。”他为她脱下睡衣，在浴缸里放进泡泡球。“一切都结束了。一切都会好的。一步一步来。今天，就走到客厅好了。”

等她洗完澡，穿好衣服，阿利斯泰尔陪她走出去，坐到沙发上，给她盖了条毯子，塞了张《音乐之声》的碟片进DVD，将一杯水、几片药还有另两张碟片（《油脂》和《舞国英雄》）放在了她面前的桌上，然后亲了亲她的额头说：“我要去城里一趟。晚饭之前我会回来的。”

一直到阿利斯泰尔走到大门口，乔安娜才发现外面下雨了，而阿利斯泰尔身上穿着雨衣。在苏格兰时他并没有这件雨衣，但乔安娜认出来，箱子的相册里某一张照片上他穿的正是这件雨衣。她不安起来，却无法确定不安的源头。“你要去见谁？”她问道。

“我的律师。然后是贝瑟尼。有很多事情要进行。酬金已经涨到七十万了。她觉得她能帮我们拿到《60分》节目的黄金时段，德尔里奥出版社还邀我们出版自传。”

“天哪！”一声低叹从乔安娜口中溢出。

没等乔安娜出声驳斥，他就把门给关上了。在他一口气倒出那个公关师的计划时，他的声音里有不可抑制的兴奋。他因为上电视节目和出书的机会而兴奋。

天哪！

伊丽莎白为她做了几片黄油吐司作早餐，并且不厌其烦地问了几百遍“身体还好吗”、“还需要别的吗”，之后才出门发寻人启事。

终于家里除自己外没别人了，乔安娜回到卧室，从箱子里拿出相册，飞快地翻页直到找到那一张照片。

阿尔夫妇于弗雷西内郊游！

阿利斯泰尔与亚历山德拉，穿着各自的雨衣。乔安娜一把抓过电脑，搜索贾帕拉的图片。是的，阿利斯泰尔和亚历山德拉都有贾帕拉防水衣。

这就是他的备选计划吗？从最开始就在暗暗谋划，从他提及看见有人穿着贾帕拉防水衣就启动的备选计划吗？一旦事情不对了，就构陷他的前妻？当警察问他有没有敌人时，他就在他们心里种下了怀疑的种子。她根本没有看见一百米外有人。她确定，几乎百分百确定。也许他也根本没看见。现在，疑声四起，他的前途岌岌可危，他是不是决定了再栽赃些什么在她头上，让事情就这样结束？毕竟，这是一石三鸟的好买卖：如果亚历山德拉谋杀诺亚的罪名成立，那他就成了无辜又可怜的前夫，他就可以回到他的职位上——其中最大的好处是——他可以赢回克洛艾。

乔安娜疾跑着冲进后花园工具房。他昨晚干了什么？从诺亚的坟墓里挖了什么出来栽赃给亚历山德拉？烤架就放在工具房内。在烤完诺亚味的香肠之后，他应该把烤架放了回来。烤架清理得很干净，金属锃亮。干净过头了？

她又去看了看洗衣机里面。空的。烘干机已经结束了旋转。他的牛仔裤与T恤——他昨天的行头——已经在里面烘干。她检查了他所有的鞋子，没有一双有污迹或者泥点在上面。

乔安娜回到卧室，开始看朗尼宝宝的博客，上面一页接着一页，写满了事件的真相与人们的讨论。博主似乎无所不知：不论是两人之间无处不在的裂痕，还是她在飞机上失控的表现；不论是两人在路边的争吵，还是他在埋孩子的时候沾上的泥。最新的一条评论，来自一个叫“鲍勃老爸”的人，他说：“我猜他们为了不让他哭不小心给他多下了药。”

乔安娜还没想明白自己为什么要这么做，邮件就发了出去。

收件人：justicefornoah@hotmail.com

发件人：anonymoussympathiser@gmail.com

都是机场安检的错。

乔安娜等着回复，但等了五分钟也没有人回，于是随意浏览起网站，最终目光停在了“未解之谜”一页上。

我只想知道乔安娜·罗伯逊为什么要在冷饮杂货店里买卫生棉。她在哺乳期。哺乳期的妈妈是不会来例假的。也不会有人用卫生棉吸阴道分泌物。

他们当时是从波因特朗斯代尔的度假屋出发要去他妈妈在吉朗的家，不是吗？那为什么宝宝被人偷走的时候，车是在反向的车道上的——比如，假设说他们当时其实是往波因特朗斯代尔方向开的？

我朋友认识他们租在波因特朗斯代尔的度假屋的房

东，房东说工具房里少了些园艺工具。警察有问过他们这个问题吗？没有。

阿利斯泰尔·罗伯逊说他们在去吉朗的路上停下来两次打电话给他妈妈询问火势，但为什么需要两个人都下车呢？

有两名司机声称自己在吉朗的路边同一个地点见过他们，但他们的目击时间却相差半小时。是他们有一个还是两个都记错了时间？还是说罗伯逊一家在路边停了至少有半小时？如果是后者，原因是什么？你不用花半小时发现自己的手机没有信号吧？

他们为什么不先去他妈妈家？去波因特朗斯代尔途经吉朗。他们肯定要过去看看的吧，尤其是他们这么担心火灾有没有波及她，一路上一直在想办法联系上她。

她说他们到了波因特朗斯代尔的度假屋后挤了些奶出来，好让她婆婆晚上帮忙带下孩子。但是在他们租的那辆车上发现的那瓶奶是稀释过的！为什么？？

乔安娜震惊于这些内容竟然挖掘得如此之深又如此准确。除了当地人和一些群众给的信息还有发表的意见，似乎还有查案的内部人员在给博主透露消息。

发现阿利斯泰尔居然犯了那么多错，乔安娜感到一股突如其来的愉悦。在指出瓶里挤出的奶很明显稀释过的时候，她脑子晕得很，根本不知道自己在说什么。现在回看，她才觉察他其实一直在犯错：比如，在自己和妻子的卧房被捉奸在床。那她为什么要听他话呢？

嘀。“你说的是什么意思？”是为诺亚伸张正义的博主发来的。

“我不知道。”她很害怕，没敢回答。她现在是在做什么？她要么想自首，要么不想。如果她想，她就不该再发这些匿名邮件而该结束谜题。她的手指在按键上游移。

她做不到。她既害怕又懦弱。从她发现阿利斯泰尔已经结婚那天起，她就变得既害怕又懦弱。

“你是谁？”博主问道。

“一个可悲的无名小卒。你是谁？”

“一样。”

“你为什么可悲？”乔安娜打字。

“因为这个世界糟透了。”

“你为什么这么关注这起事件？”

“我相信那孩子已经死了。我觉得乔安娜·林赛是个恶毒的人。我想看到她获得惩罚。”

这句话并没有让乔安娜退缩，反倒让她觉得充满力量。她输入道：“我想见你。”

“今天？”

“对。哪里见？”

“两小时后。吉朗前滩。我在突堤入口等你，我会穿写着寻找诺亚字样的T恤。”

出租车把乔安娜放下来时，离约定时间还有十五分钟。她在沙滩坐下，望着突堤，考虑自己是否真的要剖白。剖白！在现代，对着一个博主剖白。

她盯着扑上沙滩，又层层叠叠退去的海浪。她和阿利斯泰尔本可以面对海湾，举杯相庆。阿利斯泰尔，她的伴侣，她死去的孩子的父亲。一度，是她活着的孩子的父亲。

被去而复来的海浪蛊惑，乔安娜想起了阿利斯泰尔曾经在夜晚给诺亚唱歌的样子：笑翠鸟坐在古老的胶树上 / 它是这片丛林快乐的王。他还会和诺亚说话，好像他能听懂似的。“这是你的祖父。”有天晚上，他拿着相框给躺在婴儿床里的诺亚看，诺亚在咯咯笑（对，咯咯笑！）。“他是个好人。他要是活着一定很爱你，我的诺亚宝宝，我的儿子。你是我的儿子！乔安娜·林赛，”他冲她喊，“我有儿子了！”阿利斯泰尔跑到客厅，一把抱起她，在空中转圈。“你给我生了一个儿子。你给我生了个继承人！现在，我美丽的乔安娜，我要融入你的骨血里！我爱你，乔安娜·林赛。我爱你。我爱你。我爱你。”

这太荒唐了！阿利斯泰尔才不会构陷任何人。看着撒谎的他，乔安娜就像看到了自己，他的每一句谎言都在把她逼向疯狂。只是，他还没有自己那么坏。他不是杀了诺亚的那个。她该感激他选择了保护自己，感激他把一切拼凑了回来。她想起在末日般的那天，他们坐在路边，阿利斯泰尔列举的事实其中之二，并且在那天之后不断被重复提起的那两条：他们可能被双双送去坐牢；克洛艾可能会失去双亲。

她现在的行为与插足他人家庭那段时间毫无区别：

那时：前一分钟她还想结束这段感情，下一分钟就在小径上为阿利斯泰尔口交；前一分钟她还不相信他，下一分钟就能全身心信任他；前一分钟她觉得自己不爱他，下一分钟她就爱他胜过世间所有。

现在：她想要认罪，她不想认罪；她不理解阿利斯泰尔为什么要说谎，她完全能理解他这么做的原因；她觉得他打算诬陷他的前妻，这简直荒唐。

脑中像一团乱麻理不出头绪！乔安娜握拳敲了敲额头。停！

她是怎么想的？她想做什么？

你想做什么，乔安娜·林赛？做个决断！

潮水涌过来，拍打她的双脚，她感到了一阵被抛到床上的眩晕，她听见阿利斯泰尔在说："我爱你，乔安娜·林赛。我爱你。我爱你。我爱你。"

要命！要命！要命！就当自己得了创伤后应激障碍吧，不管怎样，她已经疯了。她不能背叛阿利斯泰尔。她不能与这个博主见面。

顺着海滨人行道前行，乔安娜刻意不去看那些站在突堤旁边的人。就在她上了出租，车头调转驶回家的那个瞬间，她看见了那件 T 恤。最上面黑色粗体写着"寻找诺亚"，底下是他的照片。

穿 T 恤的人，是克洛艾。

乔安娜压低脑袋埋到双膝中间，如同见不得人的旧日一样。出租车一到家，她扔给司机二十澳元就往房里跑去发邮件，慌张的样子就好像有长毛的狼蛛粘在胸前要急着掸掉。

对不起我不能赴约了。只想告诉你不是所有人都是恶毒的。你为什么不朝前看，去找寻生命中美好的事物呢？我相信你一定拥有美好的东西，那些爱你的人？生命中有很多令人快乐的东西。

以上，匿名者甲。

发送。

注销邮件账号。

呼吸过快。头晕目眩。倒在沙发上……感觉……

乔安娜是被敲门声吵醒的。她看了眼钟。她晕过去有两小时了。

敲门的是潘探长和那个事发当晚在冷饮店前拥抱了自己的红头发女警。

“大约二十分钟前，街对面邻居看见有人在你们家屋后偷偷摸摸，”潘朝停在街上的警车点头示意了一下，又对乔安娜点了点头，语气和善，“是克洛艾。她以为里面没人，说她只想朝里看一眼。她现在在车里。卫生间的窗户应该是没有关，我们到的时候，她在爬窗。我们可以起诉她，如果你想的话？”

乔安娜往车里看，看不到克洛艾的脸——她朝向了另一边。“不，当然不。她没事吧？”

“她醉得很厉害。罗伯逊先生在哪里？”

“呃，他在墨尔本。”

“那罗伯逊夫人呢？”

“伊丽莎白？我不知道。出门去了。她没有手机。”

“克洛艾说她不知道你在家。她以为房子里没有人。她不想见你，也不想见她爸爸，她妈妈的电话打不通。现在这种情况，考虑到她弟弟当时的遭遇……我是说，我们可以把她送回家。你觉得这样可以吗？”

“当然了。谢谢。”

乔安娜目送车子远去，克洛艾一直保持着那个姿势没有动过。

阿利斯泰尔一脸愉悦、情绪高涨回到家的时候已经是晚上十一点之后了。“你是想听好消息，还是想听更好的消息？”他在乔安娜这几个小时里一直躺着的床边坐下，问道。

乔安娜坐起来，欣然接受了他的亲吻，纠结着要不要和他说克洛艾破门未遂的事。“你选吧。”

“好，先说好消息。他们想让我们下周上《60分》的节目！”

“你在开玩笑吗？这是好消息？你没答应吧，对吧？”

“还有邀我们出书的：预付五万五。”

“我重复一遍：你在开玩笑吗？这是好消息？我们不会干这些事的，一件也不会，阿利斯泰尔。”

“好的，好的，我懂你的意思。我还有事情要告诉你。我们晚点再讨论这个。更好的消息是，律师说了没有任何不利于我们的实质性证据。我们不会有嫌疑了，甚至连非官方渠道也没法儿怀疑我们。他们认为那些围绕我们的流言蜚语实属正常，没有任何用处。还有，”阿利斯泰尔兴致勃勃继续道，“克洛艾最近一直翘课！”

“这是更好的消息？”乔安娜简直不敢相信他的口气。她突然对克洛艾生出了一种强烈的保护欲。她不想告诉他今天下午发生的事了。

“好吧，这当然不是好事，至少现在不是。但这说明了她和那个女人在一起不安全，懂？她已经失控了。”

“阿利斯泰尔，她和我在一起也不会安全。我们现在考虑不了听证会的事。这太疯狂了。克洛艾讨厌我。法庭会听取她的感受、她的意见。他们不会把她交给一个她厌恶的人，更别说我现在遇到了这种事。我有问题——我指的是脑子的问题。我现在真的不是很正常。我有幻觉！医生给我开的什么药来着——治精神错乱的？”

“只是抗压药。”

“这个孩子要被交给一个因为所有这些混乱而变成了另一个人的人，并有可能要被这个人照顾，你不觉得有风险吗？”

阿利斯泰尔僵了一瞬，继而吐出了字母表的第一个字母：“A……”

天哪，又来了。要是他这回列举时伸出一根手指，她一定把它往后掰到断。

“……她不讨厌你——她只是不了解你；B：她和她妈妈在一起活得一团糟；C：她是个青少年，和所有普通的青少年一样因为父母离异心怀怨气；D：她现在不安全，而且失控了；E：我们都是好人，还有F：法庭会看到以上所有条件，摈弃掉其他因素。”

阿利斯泰尔没有用手指，但听到这些列举乔安娜觉得心底被点了把火，她气得呼吸急促，身体晃了晃。“坐下来，我们谈一谈这件事。你要听我的。”她很自豪自己吐字清晰，意志坚定。做得好。

阿利斯泰尔并没有坐下来听乔安娜那些自信满满的肺腑之言，他直挺挺站着，用毫无波澜的声音说道：“不，你简直疯了才会觉得我失去了我所有的孩子也没关系。今晚我睡卧室。沙发就给你了。”

21

亚历山德拉

三月一日

清晨五点，我在克洛艾的痛哭声中醒来。我进她房间时，她正坐在床上，双臂朝我张开等我抱她。“妈妈！对不起，对不起，妈妈！”

我告诉她没关系的，很可能是因为宿醉她才那么难受。

“不，不是这个。我做了很坏的事。”

她和我说了博客的事。最初，她确信自己能帮忙寻找诺亚——她觉得这是她的责任，就像她早先解释的那样。但随着时间流逝，她觉得诺亚死了，复仇成了她的动力。她不放过每一点空余时间，只为找到乔安娜的罪证。当各种言论和指控蜂拥而至，她甚至不在乎她的博客还牵连到了她父亲，“因为他一点都不在乎我。”

有一段时间，我没有搂住克洛艾，但她哭的时候我还是抱住了她。“没事的，”我说道，“没事的，我的宝贝。”

克洛艾说她给法庭写了封信，表明她爱我，喜欢和我住在一起，不想和他们一起，也不想去苏格兰。若是克洛艾没有逃学，没有醉酒，没有犯罪，若是我没有被抓到体罚她，这封信或许足够我赢得监护权了。

只要一想到会失去克洛艾，我几乎要当场晕厥。我一直在祈盼有奇迹发生，但也清醒地知道唯一能拯救我的奇迹只有阿利斯泰尔和/或乔安娜被起诉谋杀亲子。而这个结果对克洛艾来说要比和我分居两地几年坏得多。“只是几年而已！”我哭着对克洛艾说，“不论你去哪里，我都会跟着。我会拿到工作许可，会在离你很近的地方住下，近到你会烦我到死。”

“不会的。我不会和他们一起住。我已经不在乎他了。我都把那只蠢熊扔了。”

“不！它在哪里？”

“没有了。他和我已经没有任何关系了。而且我讨厌她，我讨厌那个女人。”

“你不会真觉得她杀了诺亚吧，嗯？”

“我不知道。有时候我对她的恨让一切都扭曲了。”

“别恨她，”我说道，“试着不要去恨她。我希望这话不会让你难过，但是我很高兴没有和你爸爸走下去。我很庆幸发生的这些事让我们的关系就此告终。还有听着，我们不会放弃诺亚的，但是不许再上博客了。好吗？”

她看着我的眼睛里满是爱意，所以当她点头时，我知道她是认真的。

在克洛艾去了学校之后，我的律师打来电话说法庭有了空期给听证会——就在四十八小时之后。有延期的可能——鉴于诺亚到现在还没有找到，但社工男孩觉得克洛艾和我在一起不安全。要是他走的时候那个指印还没有消掉（他走时去看指印已经没有了），要是我没有“勤勤恳恳、大方善良”的父母的支持，他当时就把克洛艾带走了。过了昨天之后，律师估计我的胜算可能只有30%。雪上加霜的是，没有任何实质证据能给阿利斯泰尔和乔安娜定罪。流言也只是流言，警察不会再在上面下功夫了。这也意味着，两天之后，我的小女儿可能不得不搬去和他还有他的爱人一起住了，不管是去哪里。

律师一挂电话，阿利斯泰尔就打来了。他正在往这边来。他一定是看准了克洛艾去上学的时机。他说想把我存在他妈妈家的东西带给我，但我想那不过是借口。我很担心。他一定有了计划。他做事从来都是谋定而后动。我没多想就说了“好的”。我应该拒绝的，或者我该提议改天然后安排爸妈作陪，可是我没有，我只是说了“好的”。

我们第一次遇见的时候，我还不是那种只会说“好”的人。我冷傲，而且幽默。阿利斯泰尔也是这样说的，在我们相遇的卡尔顿酒吧。“你真幽默！你饿吗？”

我从卧室一走到卧室二再走到客厅再到厨房再到卫生间甚至去了洗衣房，一路走一路收拾。我煮上水，往滤壶里倒了新煮的咖啡。我把窗户都打开来，擦干净长台，拍鼓枕头。我换上牛仔裤，换成跑步装，再换回牛仔裤，斥责自己。

自从他被我抓到出轨，我就该占据道德高地。我应该一直站在高处，不是吗？他骗了我八个月。而且如果菲尔说的是真的，那他做这种事早就不是一次两次了。我们的婚姻就是场骗局。他说自己在开会的时候实际上是在镇上到处乱搞，把汁液洒在我们的车上和床单上。他说自己锻炼肌肉是为了我。他借口压力过大或者喝得太醉说自己不想做爱。或者说他确实喜欢做爱，只是，一定要每次都一个样吗？每次都是在卧室，我就不能多一点想象力吗？说他不能去看克洛艾的校园剧因为要开会。说他爱我。说无论发生了什么，他会一直陪在我身边。

不可思议的是他竟能无数次抢夺回高地。

第一次：她把我的孩子从我身边带走了。她绑架了我的孩子！

第二次：她是个酒驾的罪犯。

第三次：她拧孩子。或许她没有被指控人身侵犯，但她拧孩子的行径已经被社会服务署记录在案了。她虐待孩童。

第四次：我另一个孩子被偷了，我是个可怜的父亲。没有比我站得更高的人了。

他怎么敢！那是我的位置！

我把咖啡倒进下水道，弄乱了枕头，擦掉唇膏，穿上莱卡运动裤。我不在乎他怎么看我。我只在乎我的女儿，我的高地。

我在沙发上坐了几分钟，然后站起来，打开收音机，再关掉，把 iPod 插进底座，开始找我们一起的时候喜欢放的爱美萝·哈里斯的歌，发现播放列表里果然还存着，我高兴地拍手，随后把 iPod 拔出底座，重新煮上水。我正打算去重涂上唇膏，换上裙子——不，还是牛仔裤吧——他就到了。

当他站在我面前时，我心中翻滚难耐的愤怒一下子木然了。“你好，阿利斯泰尔。”我说道，没有伸手，而是开门请他进来。

他深深看进我眼里，肩膀松垮，用一种乞怜的声音悲喃：“嗨，亚历。”

“进来吧。”我说道，抗拒让原有的感情溶解在同情里。

他将一只大箱子在客厅放下。“相册。”他说道。

面对箱子，还有箱子里原本是我们共有的东西，我不自在地扭了扭身子：“啊对，谢谢。”

阿利斯泰尔在厨房长台前坐下，我去煮咖啡，瞥见他不安地攥紧双手。在喝了口咖啡之后，他开口说不知道要从何说起。

于是我替他起了头：“有什么消息吗？”

“没有，”他嘴唇颤了颤，“为什么这一切会变成这样？”

当他开始哭泣的时候，我不敢相信自己居然做了这样的举动。我走到长台边，抱了他一下。

“我是个坏人。因为我对你很坏。真的对不起。”

我的上衣被他的眼泪打湿了，于是我递了张纸巾过去：“你现在要把这些都放一边。给，擤一下鼻子。”

他并没有往回吸鼻涕。为什么要呢？我见过他洗他的下身，也见过他拔鼻毛。好似漫长的别离并没有存在过。一种熟悉感包裹住了我。可怕的是，我喜欢这种感觉。

“我真不该做这种事，亚历山德拉。我当时陷入了俗套，却可悲地无法自拔。她现在……那么不正常……我觉得她可能一直就这样，只是我以前没发现。”

四年来，我从未停止过在脑子里与他争吵——每一天，几乎是每一天。我准备了那么多愤怒的侮辱的话语。我想要捡起来一股脑扔给他。

你是个自私自利的神经病。来，看一下这张表，这位先生：

> 油嘴滑舌，徒有其表——打钩。
>
> 异于常人的聪明——打钩。
>
> 为人沉着，遇事冷静，能说会道——打钩。
>
> 性淫乱；走肾不走心；在生活和婚姻里满嘴谎话，随意许诺——打钩，打钩，打钩。

我长久等待的那一刻来了。我可以进行我怒意喷薄的演说了。

可我说出口的却是："我捐了些钱。"因为以上所有都只会沦为笑柄，不是吗？一个受了委屈的女人的疯言疯语。地狱何来愤怒之谈。我不过是一个内心煎熬的婊子，痛恨着背叛自己的前夫。"我不知道还能做什么。"

阿利斯泰尔，这个我全身心爱了多年的男人，最后拧了下鼻子，用颤抖的手握住纸巾。

我在旁边的高脚凳上坐下。他转过来面对我，膝盖几乎要触到我的："你比之前更美了。"

"闭嘴吧。"我不是在矫揉作态，我是真的不想听这种恭维。

"离开我你过得更好。"他的膝盖轻轻碰了下我的。我下意识缩回了腿，但短暂的身体接触不可避免地软化了我，我能感觉到。他对这个非常在行。

"你没什么能做的。"他的手机嗡嗡响起来，但他迟疑了，这让我意外，两个原因。第一，不论发生了什么，阿利斯泰尔总会第一时间接电话。以及第二，他儿子失踪了。什么样的父母才会在可能有消息的情况下迟疑?

“你该接电话。”

他接了。“贝瑟尼，嗨……不！真的吗！你开玩笑吧？”

哦我的天，他们找到他了，我是这么想的。他们一定是找到了他。阿利斯泰尔简直欣喜若狂。

“这消息太好了。立刻答应！谢谢，谢谢，谢谢。”

“什么事？”我放松一笑，满怀期待地问。

“我要上《60 分》节目了。”

“哦，”我的心一下子坠到崖底，然后撒谎，“那太好了。”

“那个女公关真厉害。你还记得她吗，我 MBA 班的同学，贝瑟尼·麦克唐纳？”

“我记得。美艳非常的那个。”

“你这么认为？”

当然了。阿利斯泰尔可是垂涎了她好几年。

“警察也很了不起。让我挑不出错来。”

我带去见律师的记事本就躺在长台上手机旁，提醒着我应该关注的重点：“克洛艾今后……会怎么样？”

他反击得很迅捷。“亚历山德拉，你为什么要把她从我身边夺走，整整四年啊！你知道那对我来说有多残忍吗？”

老伎俩，顾左右而言他，用问题来回答问题。（我：“你今晚在哪里？”他：“你怎么突然之间变得疑神疑鬼起来？”）

“克洛艾今后，会怎么样？”我问道，用了更为坚定的语气。

“诺亚已经失踪十五天了。”他呜咽。

他想引我上钩，可我拒绝了。我用了以前做律师时学的技巧——不要做打破静默的那个人。

技巧生效了，因为他开口打破了静默，却不是我想要的答案。“他死了，我知道的。”

“你并不知道。”

“已经过了七十二个小时了，大家心里都清楚。”

“还不确定呢，阿尔。”阿利斯泰尔，不是阿尔！我为什么要这么叫他？阿尔是我爱上的那个男人的名字。这个男人是阿利斯泰尔，阿尔变成了阿利斯泰尔。

“我不能两个孩子都没了。”他说道。我知道他的意思了。他还是想要她。

我气得从凳子上跳起来，走到对面与他隔桌对峙，双臂抱在胸前：“这么说，无论如何，我们还是要上法庭了？”

他在桌上伸出双手——以一种敞开的、祈求的姿势。“我已经失去了我的儿子！他没了。克洛艾现在是我的一切。我只是想做对她好的事。你肯定清楚她正走在歧途上吧？我已经搞砸了别的事。我只求我能做对她好的事。我们能好好解决这事吗，没有硝烟的？能不能至少让这一件事往好的方向发展？”

他又哭起来。我走回他那边，又抱住了他。

“我的孩子没了，”他说道，“我恨我自己。我恨我自己！我很抱歉我伤害了你。我真的、真的很抱歉。请告诉我你原谅我了。告诉我我们能一起解决这件事，告诉我我们能做到，为了克洛艾。”

他不会把孩子从我身边夺走了。我们不会上法庭了。我们要一起解决这件事！我预想的那些指控冰消瓦解了。我告诉他我原谅他了。

我告诉他我们能做到。

狂喜，是我现在的心情。我自由了。我不用再战战兢兢掩藏什么了。克洛艾不会被抢走了。我没有敌人了。没人想要伤害我。我不必再去说服社工或者赢得他们的支持了。我不用上法庭被戳脊梁骨了。我可以在想喝酒的时候来上一杯了。下午我在咖啡馆轮班时，脸上始终带着微笑，我甚至得了五十五澳元小费。于是我暗暗记下以后要多笑笑。

从学校接克洛艾回家，我告诉她没事了，她不必和我分开了，然后我们一起开心地上蹦下跳。我提议我们出去玩。她说去哪里，我回说任何她想去的地方。当她问这是不是我又想拍蠢照贴在那本蠢书上所以骗她的，我从包里掏出本子，说道："抓住这边，就像砸花瓶一样。"克洛艾抓住本子，我们一起把它扯成了两半，畅快大笑。

克洛艾百感交集，说想把曾经一起做过的事重来一次，于是我们向着月神游乐园进发，我甚至坐了过山车。没有什么能吓退我了。克洛艾在空中挥舞双臂，嘲笑我尖叫得太大声。她买了蓝色冰激凌蛋筒在幽灵列车上吃，在列车穿过黑暗的隧道时把一坨冰激凌灌进了我后背，吓得我跳起来。我们买了炸鱼薯条，坐在圣基尔达沙滩上吃，看着轮滑从人行道上呼呼划过，太阳悬挂在水面上。回家的路上，我们买了两盘 DVD 和七包棒棒糖，一路上一起嘲笑一部电影。克洛艾半途睡着了，脸上却一直带着笑意。

我的内心在欢腾。失去诺亚改变了阿利斯泰尔。在他内心某处仍保有我爱的男人的影子，一个好人，一个悲痛的男人。都结束了。我安全了，我很开心，我安睡了过去……

电话。我关掉电视，揉了揉眼睛，趿着鞋走去厨房，接起来。

“你好，亚历山德拉，我是乔安娜·林赛。”她说话很奇怪，刻意压低了声音。我瞥见了微波炉上的电子表。

“现在是凌晨四点。”我说道。

“是吗？对不起。”

她的声音在颤，可能是哭了，不确定，也不在乎，我打算挂掉。

“求你，别挂。”

她读到了我的心声。

“我需要和你见一面，明天早上。这很重要。我想帮你。”

她能帮我什么？我纳罕。我不需要帮助了。她再次听到了我的心声。

“在电话里不方便说，我明天会向你解释，但你一定要相信我，你真的需要我的帮助。”

22

乔安娜

三月一日

她醒来的时候，阿利斯泰尔正要出门。“你要去哪里？阿利斯泰尔，回来。阿利斯泰尔！”

“我要去墨尔本看菲尔。”显然他还在生她气。他的脸色与平时不一样。乔安娜看出来了，却一时分辨不出那是什么表情。

“我下午就会回来。你为什么不出门走走？自从出事之后你就没出去过，出去走走对你有好处。我在客厅桌子上留了帽子和眼镜——不够伪装的，不过你戴上可能就不会被纠缠了。或许你可以去商店买些食材，做点什么。”他走过来，亲了亲她的额头，然后离开了。

引擎发动的声音传来，她心里的感觉一下子明朗起来。起源正是阿利斯泰尔刚才的那张脸。淡淡的恶心。现在轮到她了。那是一张欺骗的脸，是以前他们在二星酒店房间里他给妻子打电话时常用的那张脸。眼睛一眨不眨，唇角刚好抑住那丝表情：是害怕的颤抖还是笑意？“工作多得像梦魇！”他对亚历山德拉说道，而乔安娜安静地躺在床上，“你今天过得好吗？克洛艾有去跳舞吗？”

天哪，她完全陷入臆想了。她应该听从他的建议出去走走。这是个好主意，完全出于善意。她洗了个澡，穿戴整齐，将伊丽莎白打发出去做找寻诺亚的无用功。她今天要出门，拿上阿利斯泰尔给她的墨镜和棒球帽，自那天起她第一次踏出了门外。

“早上好，林赛女士。”前廊下的保安打招呼道。

“早上好。”

“林赛女士！林赛女士！”两个在人行道上扎营驻守的尚未死心的记者中有一人喊道。

乔安娜拔腿跑起来。

街尾的蔬果店没有蒲桃卖，但是店主认出了她。“你还好吗？”那位中年大叔问道。

“不是很好。”说着把帽檐往下压到不能再低。

她开始往镇上走。才走过一个街区，就撞见“寻人启事”大字上方她孩子的脸。

乔安娜冲过去一把把海报撕下来，将纸撕成了碎片，扔到了近旁的垃圾桶里。朝着吉朗方向跑出几米远，她又折回来，把撕碎的纸从垃圾桶里掏了出来——她孩子的脸！她不能把自己孩子的脸撕成碎片然后丢弃在垃圾桶里！乔安娜一路埋头往前跑，跑出去两千米到了镇中心，撕碎的寻人启事躺在她的口袋里。失魂落魄的样子与其说是在跑，其实更像是跌跌撞撞往前冲。

乔安娜回到家的时候，家里仍空无一人。喘息平复下来后，她把寻人启事拼了回去，把褶皱压平，然后亲了亲勉强还能看出她孩子脸的纸页。她把海报塞进了被子底下她的窝点。藏在那里的信还在原处。警察一定把它们留在了那里。乔安娜谷歌了果酱的制法，着手做起来：将果子洗净，煮熟，用纱布滤出淡粉色果汁，加糖和柠檬继续煮，撇去浮沫后，静待它凝固。

做果酱并没有像预想的那样让她冷静下来，大概因为她理想中做果酱的场景是诺亚在花园跳蹦床，而不是被贴在街灯灯柱上，底下写着寻人启事。她不能再出门了，免得自己想把找见的每一张海报都撕下来。

她盯着窗外，神思飘到了阿利斯泰尔身上。那不是臆想。她知道他不是去看菲尔了。柯丝蒂早就提醒过她不能完全信任阿利斯泰尔。你们开始新关系并没有一个好基础，她说道，你已经知道了他有多会说谎。乔安娜当时只觉得气，气柯丝蒂不肯给这个可怜人——她一生所爱——一个机会。有段时间两人越来越疏远，一直到乔安娜说她怀孕之后，两人才重修友谊。但显而易见，柯丝蒂依旧不喜欢阿利斯泰尔。她每回都特意选阿利斯泰尔出门开会的时候来看乔安娜（“这样你就都是我的啦！”），并且会忍不住时不时刺她一下：他出去的时候你放心吗？你们在一起时笑得多吗？他不会让你放弃工作的，是吧？你觉得他会帮你带孩子吗？他让你节食减肥了吗？你幸福吗，乔？真的幸福吗？

第一勺果酱吃下去满嘴苦涩，乔安娜却很高兴它这么难吃。她站在客厅的窗户前，透过窗帘间的小缝隙凝视那棵树，吞了一勺又一勺下去，每次都苦得龇牙咧嘴，直到把一整罐吃完。

她希望能有恶心之外的感觉，可是没有。她躺在床上，最终恶心的感觉被睡意淹没。

电话铃与门铃同时响起。乔安娜边和《60分》节目组一个叫贾斯廷什么的说话，边用手势示意潘探长进门来。“只是想说一声你们能答应接受采访我们真是太高兴了。”贾斯廷说道。

乔安娜咬牙切齿。他已经答应了，这个浑蛋。“真的很抱歉，我之后会再打给你的。”

“没事吧？”潘问道。

“没事，只是第九频道打来的。我们还不确定要不要去。”

“你们应该考虑一下。保持曝光度，你知道。事实上，这也是我这一趟来的原因。我不知道怎么说好……”

“没事，说吧。”

“我们让志愿者回家了，关了波因特朗斯代尔的礼堂。不是说我们放弃搜寻了，只是在初轮搜寻之后，我们在等新的线索出现以开始新的搜寻。搜寻不是无间断进行的，希望你能理解。我们还是会尽我们所能，但这也是说你们保持曝光度很重要的原因。你们应该考虑一下接受第九频道的采访。”

乔安娜答应了，以最快的速度送走了探长，内心因为阿利斯泰尔背着自己答应了采访而暴怒，但又觉得欣慰，那些波因特朗斯代尔的好心人不必再浪费自己的空闲时间去找寻诺亚了。

她朝窗外张望，想看看潘是不是走了，却发现门口的保安也不在了，最后留下的唯一一个记者也在打包上车。

伊丽莎白晚上的时候回来了，乔安娜从床上起来，为自己把厨房弄得一摊乱就去睡觉而羞愧难当。

“别，我来收拾吧，”伊丽莎白说道，“我给你弄些能吃的。”

半小时后，一盘小羊排和蔬菜摆在了她面前。乔安娜道歉说自己吃不下去。

“没关系，”伊丽莎白说，“我要去睡觉了。你也好好睡一觉吧。”

阿利斯泰尔回家的时候已经是十点之后了。

“菲尔好吗？”乔安娜问道。

“他向你问好。你有出去走走吗？”

“你们在哪儿见面的？”

“镇上。”

“吃了午饭又吃了晚饭？”

“你为什么这么咄咄逼人？”

“《60分》打电话来了。他们十分高兴你同意了上节目。”

“哦……听着……对不起。但是你考虑一下。没有哪个内心无愧的父母会拒绝这事。话我来说，你只要抓着我的手就好。”

乔安娜甚至不想费力去讨论这件事。随你吧。“那答应我你不会出版书。”

“我们能晚点再讨论这个吗？”

“不行。现在就答应我。”

“我答应你。”

阿利斯泰尔的承诺，多么无用的东西。“你不是去见菲尔的，是吗？是贝瑟尼？我谷歌了她。性感尤物。你觉得她性感吗？”

“什么？我的天！”

“你为什么不直接回答我的问题？”

“你为什么不停止不切实际的胡思乱想？”阿利斯泰尔在厨房转来转去，把东西弄得砰砰响，重热了一下他妈妈留给他的饭，然后去把电视打开了。吃完一大口之后，他叹了口气：“请相信我。我去见菲尔了。”

乔安娜把手臂放到了沙发的边边上，借此将两人间的距离拉到最大。她计算了一下，两人中间隔了有四英寸。面前的电视机距离她四英寸，距离阿利斯泰尔也是四英寸。乔安娜、阿利斯泰尔、电视机：恰好形成了一个等边三角形。

她现在明白了为什么之前在卧室会出现无数三角形的幻觉。咨询师。戏剧三角。

“你听说过戏剧三角吗？”她的咨询师曾这样问，并在乔安娜回答了没有之后表现出了惊讶。她开始在一张 A4 纸上画三角：“三角形的三个角分别对应了三个角色。”

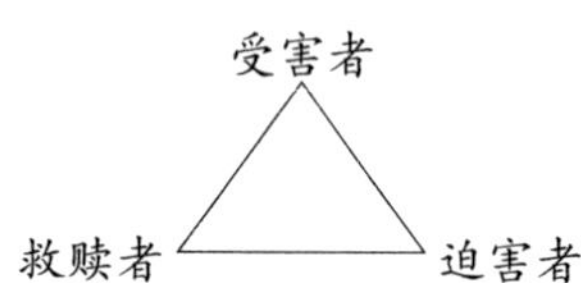

“在有些关系里，每个人都占了一个角色。比方说你，你可能会觉得自己和阿利斯泰尔在一起的时候是在救赎他：将他从无趣的婚姻、不好对付的妻子、平淡乏味的生活、无性的关系中拯救出来。所以他就可能是那个受害者，而你就是那个救赎者。”

乔安娜很想一把抓起那张纸塞进咨询师的喉咙里。六节课，她来过整整六次，一次比一次没用。每一次结束之后，她都比来时更厌恶自己。她总是带着急迫的需求前来。最开始的两次：想要知道有个已婚情人不是什么问题。第三次和第四次：想要知道只要她守住秘密就不会有人受伤。第五次：她想知道如何脱身。她不想再做骗子了。一点也不好玩。她试图结束关系，但失败了。乔安娜从来没有失败过，所以显而易见她一定是把本可以做对的事搞砸了。告诉阿利斯泰尔他们结束了只会导致眼泪导致做爱导致自己爱他更甚。更换电话号码，拒收他的邮件、脸书消息，远离他们经常约会的地方只会导致他想尽办法找她或者重建新的邮箱地址或推特和脸书的账号给她写动人的情话，导致她相信阿利斯泰尔爱自己胜过世间一切情爱，导致她不愿离开阿利斯泰尔，最终导致了这第六次咨询课程。

“你就告诉我要怎么才能离开他！”乔安娜哀求，但咨询师没有理会，而是举起那张图。

“事情是这样的。有些人，有些情侣，会被困在这个三角里。你会一次又一次，不断变换角色，从三角的一端移到另一端，却无法走出去。比如说，在这段婚外情开始不久，你可能从救赎者的角色转变成了受害者。他让你撒谎，让你欺骗，把你变成了你自己都不认识或者不喜欢的人。你可能一直都在想：在遇到你之前，我是个好人。你毁了我！所以你移到了三角的另一端，成了受害者。而他，则成了迫害者。

“下一步，他可能会占据受害者的一方。我的妻子不幸福，现在我的情人也不幸福了。我也不幸福，而我想要的不过是幸福而已。

可怜的我。受害者。”

乔安娜为这节课又多付了三十五英镑，根据丝绒沙发背后的方形银色挂钟，她还有二十分钟剩余时间。这个咨询师对她毫无帮助。她不会再来了。乔安娜在脑中列起购物清单来。

“困在这个三角里的情侣是不正常的，”咨询师把画纸放到两人之间隔着的茶几上，说道，“他们被困住了，只能从一方移到另一方，从一角到另一角。”

指针嘀嗒的声音分外清晰。一个小时后乔安娜要在镇上的酒吧和阿利斯泰尔见面。她想过带着弹药去结束这一切，一劳永逸。他们已经在一起九个月了。还有十五分钟。她还应该去超市买些鸡蛋，试着在早餐时吃一个。

“你现在在什么位置，乔安娜？”

“什么？”

“在这个三角里，”咨询师用笔尖敲了敲茶几上的图，生气她的客户居然走神了，“你觉得自己现在处于什么位置？”

“呃，事实上，我有个地方要去。抱歉，我得走了。”

她后来再也没有约过咨询。

两个小时后，乔安娜发现自己和阿利斯泰尔身处镇上酒吧的后街。之后，她答应了他：“好，我会将你从她身边救赎。我们会在一起。”

第二周他们就被亚历山德拉捉奸在床，而她把三角的事忘得一干二净。

可她却在神志不清的时候再一次想了起来。

坐在沙发上，看着精心挑选过的电视节目，没有新闻，也就是没有他们的出现。乔安娜意识到他在逼她做自己讨厌的人，再一次。

她想要说出真相，她想要结束这个谎言。受害者。

“你是个好人，”他曾这样说，“这一切很快就会结束。”救赎者。

他们在任何时候都会互换角色。她现在知道了。她刚刚目睹了它的发生。

她想打电话给她的咨询师，谢谢她告诉了自己戏剧三角的事。

她想把咨询师的脖子拧断，因为她没有告诉自己要怎么走出去。

她已经疯了。她需要的不仅仅是抗抑郁药。那条将她与阿利斯泰尔相连的线像一片阴影笼住了她，延伸着，裹挟着她，然后将她猛地卷向另一个位置。

阿利斯泰尔坐在沙发的那一端看——你猜是什么——《60分》节目。他成功了，你知道。他假装一切正常的本领让她叹为观止。他犯了很多错，但却把自己的戏演得恰如其分，在街上接连找了好几天，对着警察怒吼让他们再努力一点，发推特和脸书，建网站，甚至建立了捐款的基金，还利用这件事搭上了贝瑟尼。他做得如此完美以至于乔安娜怀疑他到底是不是个人类。重新回看他出轨时期的行为——他的谎言从始至终都是信手拈来，也从未困扰过他。自从事故发生以来，他夜里偶尔会在她怀里哭泣，他也会在卫生间里哭——乔安娜听见过。但这不够。他不需要服用镇定药。他听不见诺亚的哭声。他没有受创伤后应激障碍的折磨。他没有想过告解、自首或者自杀。他受的折磨还不够。

乔安娜往卫生间走去，坐在马桶上，头埋进双手。和婚外情一样，这件事也是起于一个谎言。有人偷走了我的孩子。她坐在马桶上，尽力说服自己去接受阿利斯泰尔的建议——我能做到的，这是唯一的一个谎言。就像那时候她对柯丝蒂说阿利斯泰尔·罗伯逊只是普通朋友一样。唯一的一个谎言。

但事实并非如此。现在是，过去也是，一个谎言变成了两个。

我只进了店里一分钟。

然后变成三个。

阿利斯泰尔要买婴儿湿巾。

最后变作了二十七万九百四十三个谎言。

乔安娜坐在马桶盖上，揪着自己的头发，希望头皮可以像上一次一样流出血来。她把手指按在颅骨上，然后把指尖放到舌头上，没有血。她要揪得更用力些。

“诺亚。”她大声念。她想哭出来。下午抱着日历躺在床上哭让她心里好过了一些。她又念了一遍那个名字：“诺亚。”

没有眼泪。有的只是有关一个动作的记忆，一段不可磨灭的影像，不断在她脑海回放。在马桶上前后摇晃，乔安娜想要压制住那段记忆，但记忆太过强大：阿利斯泰尔睡着了。诺亚在号啕大哭。我坐在自己的座位上，手里抱着诺亚。我打开药瓶盖子。我倒了一勺药，洒了一些出去。我又倒满，稳稳拿住。我用手扒开诺亚的嘴。我托住他的头往后仰。我把药灌进了他嘴里。我在杀死他。

回忆随着她的节奏前后摇晃。她谋杀了她本可以拥有的救赎，她扼杀了她本可以前往享受的幸福生活。她给错了药。她杀了诺亚。

乔安娜试图用快乐的回忆逼退这段记忆。诺亚在洗澡的时候总是非常安静。她记得自己笑着爱抚他淘气的小脚。记得他静下来喝奶时，小手会抚摸她的乳房。记得在迪拜机场，看他睡在自己臂弯里时心里翻涌的爱意。她想到了相册里克洛艾的那些照片，开心快乐地在爸爸妈妈的陪伴下长大。诺亚永远不会长大了。她还剥夺了克洛艾继续那样生活的权利。

曾经她看着诺亚，会想象他长大之后的样子，他会喊“妈妈”，会说“我爱你”。她想象过他骑着自行车，开心地尖叫，结果摔下来磕伤了膝盖。在她的白日梦里，自己帮他贴好创可贴，亲了亲他的额头。她想象过自己在澳大利亚的度假屋廊下做果酱，看诺亚在花园里跳蹦床。

可现在没有一段画面愿意停留，只有杀死他的那部分盘旋不去。

乔安娜迫切地想去到诺亚的长眠之地。她想要和他说话。她想把一些特别的东西埋在那里。什么呢？他太小了，都没有什么喜欢的东西。而那条蓝色的毯子已经和他一起埋在了地下。乔安娜唯一能想到的就是穿睡衣的香蕉玩偶，那是她买给他的，可他根本不放在眼里。她得找些别的带去给他。哦，如果能坐在树下和他在一起，能说声对不起，说声再见，那真是太好了。

阿利斯泰尔绝不会允许的。她永远挣脱不出这个三角。

乔安娜再次伸手去拽头发，这一次她在指尖尝到了血的味道，顿觉安慰。她拉起裤子，打开卫生间的门，朝沙发走去。

乔安娜重新坐回了沙发一边。

新闻出现在屏幕上——危险领域——阿利斯泰尔立即关掉了电视。“我们睡觉去吧。”

“我有事要告诉你，”阿利斯泰尔脱了衣服之后说道，没有给乔安娜开口问为什么的机会就继续，“我没有去见菲尔。我去见丽姿了。”

啊哈！她说对了。哦，谢天谢地，她还没有完全疯。但是丽姿？他从没这样叫过她。乔安娜从他们在一起的时候她寄给他的信里知道他以前用过这个昵称，信是在门厅壁柜里找到的，他没有扔掉这些信：“阿尔，这是我度过的最漫长的夏天！”吧啦吧啦吧啦。“你什么时候到斯潘塞街？我会不穿内裤等你。爱你，丽姿（屋里最风趣幽默的人！）。”

“亚历山德拉。我去见亚历山德拉了。”

“哦。”乔安娜的脸一下子烧起来，分辨不出心口暴涨的是何种心情：也许是愤怒吧。他没有告诉自己去看她了。他叫她丽姿。如果他还有一点心的话他就不该在自己面前叫这个名字。她想知道每一点细节：他们坐在了哪里，他们在一起了多久，她穿了什么衣服，她好看吗，他们是单独见面的吗，他们有没有拥抱，有没有亲吻，有没有握手，是不是一起喝咖啡或者喝酒，一起谈论诺亚，谈论她。

“你要取消听证会？”

“不。听证会会如期举行。”

“但是你不想把克洛艾带回英国了？要是我们能回去的话。”

“这是我要和你说的另一件事。等听证会结束了，我们必须回去。”

“什么？”

“我要拿回我的工作。他们已经让汉森顶替了我，该死的汉森。这个无耻小人已经觊觎我的位置好几年了。我们要回到正常的生活中去。我觉得，这是我们本该做的。没有人会觉得奇怪。反倒是我们不去做会显得奇怪。”

乔安娜不敢相信阿利斯泰尔在考虑工作的事……她连一节课案都没法儿想出来。在他们做了这样的事以后，他们还怎么能集中精力去考虑别的事情？不，她不想回家。她想待在这里，她想待在那棵树的近旁。“那亚历山德拉怎么说？”她问道。

“没说什么。我没有细说，只想让她心里舒坦些。”

没有一个问题是乔安娜想要的回答。他只是用更多的事实和计划来搪塞她，惹得她更加——没错，绝对是——愤怒。对阿利斯泰尔来说这不过是另一场风暴，是他漫长生命中一场有关她和诺亚的风暴。她怀疑阿利斯泰尔，不是她疯了，不是她在臆想。也许他真的在亚历山德拉身上栽赃了什么，也许他在她屋子里留了什么。

“我们要试着感受一下正常的生活，”他说着，脱下短裤，躺到床上，摸了摸自己，“做爱或许有帮助。”

这是出事以来他第一次把这个话题拿出来讲。“或许能缓解一些压力。”

任何能让回忆沉没的事情，乔安娜都会像抓住救命稻草一样抓住。此刻，她恨阿利斯泰尔，也许不恨的话她就不会同意了。但现在她需要发泄愤怒。

她脱下裤子，注意到三角的线一边连接着她的阴毛，而线条的终点落在他的下身。她看着线条缩短，最终在她坐到他身上的时候消失不见。

他们都缺乏激情。

但她扭动了一会儿，让他有了些反应。

阿利斯泰尔闭上了眼睛，乔安娜揣测他是不是在想亚历山德拉。他唯一在性事上提过亚历山德拉的就是她身体的曲线起伏比乔安娜大，还有就是和她做爱一点也不美好。“没有细节！”他说道，“说出来只会困扰你。”她能从他的表情看出他在幻想。也许是贝瑟尼。

“啊，宝贝。”他说道，显然幻想和蠕动起了作用，“啊，宝贝……哦，这真的有用！”

“我们就是这样造出诺亚的。”乔安娜低语。

“嘘。啊，对，对，就是这样……”

“我在打开瓶子。”这回她的声音大了些。

“别说话。”他已经快到了，就是说他到时间抽身出来，射在她的肚子上、脸上或者别的什么他属意的地方了，只要不是她体内，只要他不看她。几乎就在他们的关系从地下情转正之后，他就开始这样做了，鲜有例外。

她不会再让他对自己指手画脚了，她受够了。“回到我里面去！”

“嘘，嘘。”他自己动起来，眼睛只停放在她的下半身，从那个角度看过去，她可以是任何人。

“我在托起诺亚的头往后仰。”乔安娜抓住阿利斯泰尔的脸往她身上靠。

他伸手蒙住她的嘴，再次闭上了眼。乔安娜恼怒地扯开了他的手。

高潮的一刻他的五官扭到了一起。

“睁开你的眼睛。”这次声音又拔高了一度。但他不听，不会听，一字之差。

这次乔安娜几乎是在吼了：“我在杀死我们的儿子，阿利斯泰尔，我在杀死诺亚。”

把乔安娜推开，阿利斯泰尔背过去自己睡着了，进入了该死的梦乡。她仰躺在床上，听着自己怒气冲冲的呼吸声。这些都只是同一件事的一部分。婚外情也是，那件事故也是，都是同一段畸恋的一部分。现在，乔安娜想不起一段和他在一起的美好回忆。她想不起一回自己对他有过信心的事情。她想不起一个和他一起做过的好的决定。

认识他之前，乔安娜一直无忧无虑地活在戏剧的第一幕里，根本没有想到第二幕的落幕决定着自己的死亡。

她盯着天花板说道：“我想做回我自己。”这一句没有吵醒他。她下了床，小心翼翼地穿上裤子、T 恤和运动鞋，把手机带进卫生间，锁上门，按下她在格拉斯哥的咨询师的电话：“安妮，我是乔安娜。”

“乔安娜，我的天，我一直在想你的事。你还好吗？你那边现在是几点？”

“我能和你谈谈吗？我明天可以把钱给你送去。”

“你说吧。别管钱的事了。我换个房间和你说话。”几秒后。“好了，我现在一个人了。说吧。”

“我需要从三角里出来。”

“什么？”

“你知道的，那个三角。我被困住了。”

“你在哪个位置？”

“现在我不知道我是哪一个。我可能三个都是。”

“现在你身边有你爱的人吗，乔安娜？有人知道你在哪里吗？”

“我付你三十五英镑一节课。我坐在你的沙发上，听你长篇大论，而我想要的只是一个答案，这也是我现在唯一的请求。我会付你双倍的钱，七十英镑，或者更多，我会把我的房子给你！我要怎么出去？告诉我，求你！我要怎么从里面出去？我从一个角落跌到另一个角落，现在我和他一起的时候甚至真的会看到三角线条。我一定要出去，我一定要出去！”

安妮放柔放缓了声音：一种软绵的，她在提供咨询时常用的那种低沉声音。“乔安娜，我在听你说。你刚刚说你在哪里？有人和你在一起吗？”

“哦，天哪！你不知道！没有人知道！”乔安娜挂了电话，从浴室柜子里拿到了自己想要的东西，从洗衣房拿了手电筒，又从门厅桌子上拿了车钥匙。外面空无一人。他们可能都投入到了新的搜查中，去找一个更可爱的孩子去了。

乔安娜清楚那幢房子的所在，她躲卫生间里用手机上谷歌地图查了有一百遍，每次查完后立刻将浏览记录删除。她驾着阿利斯泰尔租来的银色福特驶出吉朗，沿着笔直漆黑、不见尽头的贝拉赖恩公路一路前行。三十分钟后，她到达了房屋门口。上回来的时候她并没有注意房子和周遭的环境，但现在它们看起来和来时路过的公路一样诡异且平坦。薄雾飘荡在杂草丛生的浅水沼泽上方，沼泽被一丝波澜也没有的月光带一切为二。湖的周围没有山也没有高大的树，只有平地绵延向前消失在遥远的地平线。房屋对面，火车车轨沿着湖边延展。乔安娜猜那是蒸汽火车的车轨：就是阿利斯泰尔和亚历山德拉结婚的那列。如果这条街上的房子都有人住，那居民一定都睡着了。到处都没有灯光。一片死寂。

她把车子缓缓开过两层的大房子，确认车道上没有别的汽车后倒回去，在屋前停好。

屋子里灯都关着。窗帘闭合。乔安娜蹑手蹑脚溜到屋子的侧方，拿着手电照进厨房窗户。有几扇厨房组柜的门开着——里面是空的，至少她看到的是。厨灶还套着塑料包装，也没有插电。一台崭新的 Smeg 冰箱摆在角落的推车上。欣喜地发现无人在家，乔安娜沿着后门石头铺设的小径往花园走去，电筒光朝上打寻找那棵树的所在。

该死！乔安娜的小腿撞上了什么。她把电筒往下压——一截短篱笆。视线顺着灯光绕篱笆一周。只见篱笆环绕着一块方形小池塘而建。花园高高的篱墙距离池塘边缘仅有六英寸左右。她站起来，走到篱墙边，沿后花园边界摸索向前，手一路拂过篱笆。

池塘边缘新近用石头砌过。花园后方木屑呈长方形堆积，左侧是假山，中心偏后立着喷泉，右边角落放着一个方形的肥料大箱子。这片精心设计的花园占地最多只有 1/4 亩。她看不见任何一块地有新挖过的痕迹。而且，花园里没有一棵树。

乔安娜站在木篱笆最底一栏横档上，因困惑和愤怒而气喘吁吁，她打着电筒从下照到上，从左照到右，没放过任何一个角落。看起来花园似乎被分割过。它后方还有一大块地，附带的小车位就在菲尔家车位旁边。地面被夷得很平整，竖着“出售”的标志。

夷平的地面上野草茂密，也就是说这块地在很久之前被清理过，远在那场事故发生之前。乔安娜奔跑着绕过房子，跳上车，没顾得上系安全带就往吉朗开回去，一路上猛踩油门。

阿利斯泰尔一脸震惊地醒来，发现一个女人跨坐在自己身上，同时一把钥匙戳进了自己脖子。

“你把他放在了哪里？”

“什么？乔安娜，妈的。哎哟！你下来。”

“告诉我你把他放在了哪里，要不然我就把事情的真相嚷嚷出来，让你妈也听到。”

“把钥匙拿开。疼。”

“伊丽莎白！我杀了……”

“嘘。好吧，好吧。”

钥匙在他肉里陷得很深，看起来已经形成了一块小坑。但乔安娜不在乎。“你把我孩子埋哪里了？”

“你去那里了？”

“你从来都不回答我的问题，每次都抛出另一个问题。我问的问题很简单，你把诺亚放哪儿了？你说花园有两亩，你说里面有蒲桃树。你说树很漂亮。他在哪里？他在化肥箱子里吗？”

“不是！”

“那是在假山里？”

“不是。啊哟，天哪，我不记得了。”

“你不记得你把我们的儿子埋在哪里了？他是不是都不在那个花园里？”

"不，不是的，他在那里。求你，我的皮要割破了。"

"在木屑堆里吗？在哪里？左边，右边，还是中间？"

"是的,在木屑底下,但是我不记得确切位置了。我当时吓坏了。我急着完事。"

"你真的不记得了？我认为你记性很好，阿利斯泰尔。我们两个里你是凡事都记得清清楚楚的那个。在喷泉边上？"

"是的。"

"你这么说是因为你的脖子在流血。"

"我在努力想。我想不起来。我脑子一片空白。对不起。"

"那我要去哪里和他说话？"

"说话？"

"我要去哪里？对，说话，我要去哪里和他说话？我要上哪里去和他说对不起？我要上哪里去和我儿子说再见？"

"我们不能去见他。你觉得自己在干什么，居然跑去那里？要是被人看见了怎么办？"

"你是什么事都记得很清楚的人，你却不记得自己用小铲子挖了个坟，把我的小宝宝放进了地下，把土扔在他的身体上，扔在诺亚的脸上、诺亚的腿上和脚上，然后把土拍平、再拍平，即便那底下埋的是你儿子，你还是把他身上的土拍平了。你不记得那是在哪里？是在假山花园边上，还是在喷泉旁边？你不记得？"

阿利斯泰尔钳住她的手腕，一下子就把她放倒按住。充斥在胸腔的愤怒还未来得及转化为害怕，乔安娜就意识到自己失去了挟持他的力量。他的两只膝盖各压住她一条胳膊,手蒙住了她的嘴。

"嘘——别踢了，哎哟，冷静一下，乔安娜，冷静，我们是同一阵线的。我只是不想你难过。你希望那个地方很美，这对你很重要，我不忍心告诉你实话。就是这样。我们是同一阵线的。”

同一阵线？对抗谁，诺亚吗？她说不出这句话，因为他的手死死摁在了她嘴上，她连张嘴咬他都做不到。

“嘘，嘘，亲爱的。嘘。好了。乔，乔，乔……嘘……”

诺亚不在树下。那个地方不会长出诺亚的果子。没有人会惊叹他身上长出的美丽，也不会有人从他身上摘果子做果酱或者果冻。乔安娜永远不会听到他的哭声，不会感到他们之间的维系，永远不能说再见。在过去噩梦般的几周里，她赖以存活的一切，是个谎言。

乔安娜静止不动了，正如他命令的那样。她静了下来，没有再提那棵树，没有提第一次共进晚餐时他们对各自扮演角色定下的诅咒式的猜想：关于你该听阿利斯泰尔的话，关于乔安娜老是忘事。她没有提戏剧三角，没有提她杀了诺亚，也没有提现在清晰出现在她眼前的三角，它现在那么清楚，清楚到任谁肯定都能看到。而且他们知道她现在处于三角的什么位置：迫害者。

她有了个计划。不是阿利斯泰尔式的计划，没有事实之类的东西，一个乔安娜式的计划，只做对的事。

阿利斯泰尔一直是手机不离身的，白天揣口袋里，晚上塞枕头下。出轨的时候他这样做乔安娜还能理解，可他之后一直维持这样的习惯，她就不免时常奇怪了。她从枕头底下顺出手机，带进了卫生间。阿利斯泰尔的手机设有四位数密码。上次她借来用时，密码是他生日，1307，她输了进去，密码错误。他换密码了。“我经常换密码。”有次乔安娜问他时，他这样说道。接着她试了自己的生日，诺亚的，克洛艾的。再试一遍自己的。都不对。她放弃了，溜去书房看他的日记，日记本就放在桌子上。果然，亚历山德拉的电话号码和地址就写在背面。

她也许不该这个时候还给亚历山德拉打电话，但乔安娜已经完全没有时间概念了。而且阿利斯泰尔没一会儿就睡着了，所以这时候很安全。“我是乔安娜·林赛，”她坐在马桶上压低声音说道，“我需要和你见一面，明天早上。这很重要。我想帮你。在电话里不方便说，我明天会向你解释，但你一定要相信我，你真的需要我的帮助。”

23

三月二日 | 乔安娜

“我今天要去墨尔本，”乔安娜在吃早餐时说，“去买点东西。你说得对。我需要回到现实世界里。”

阿利斯泰尔笑了。乔安娜发现自己难以相信，就在不久前正是那样的笑容引得她拿起他的手放进自己的内裤里，就在人群熙攘的酒吧。

“我开车送你去。我这次真想去见见菲尔，我看看他有没有空。”

哦，随便吧，乔安娜想，懒得去看他是不是换上了那副骗人的嘴脸。

两人都戴上了帽子和墨镜，可外面没有要躲的人。

乔安娜坐在副驾上觉得恶心。她闭上眼，提醒自己那个计划。

出发后二十分钟，她意识到现在走的路与第一次来时走的是同一条道。“阿利斯泰尔，请你换条路走。”

“恐怕没有别的路可以走。”

乔安娜想打开车门跳下去，可是她没有，她还有事情要做。又或许是看看这一切发生的地方很重要，可以提醒她这一段如临地狱的日子里最初的那个谎言。她应该直面这条路，直面真相，直面后果，她的罪行导致的后果。她睁开眼睛。

十字路口。

左侧几座小山起伏绵延。“那是尤扬斯山。”注意到她的目光，阿利斯泰尔说道。

一辆卡车。

一块巨大的金属路标：阿瓦朗机场。

继续行驶不久后，右侧——她发现儿子死了的地方：荒原。

是同一片荒原吗？

这条公路沿线有很多荒原。

远处可以看见一块块焦黑的土地，那是不愿杀死她的林火过境后留下的伤疤。

显然他们用了一个小时到达西门大桥。阿利斯泰尔可以告诉她要用三小时，也可以说十分钟。对乔安娜来说，那条路就是个黑洞。

阿利斯泰尔在墨尔本北电车站把她放了下来。“两点这里见？”他说着，亲了亲她的额头说再见。

“好。”

“嘿，你去买些新内衣让自己开心一下怎么样？我有个惊喜要给你。”说完他就开走了。

车站里每个人都在看她。开始她以为是自己的裙子塞在了内裤里之类的，但紧接着她想起来她现在是名人了，于是往下压了压帽檐遮住眼睛。没有用，人们还是认出了她。多数人在与她眼神相触的一刻就移开了眼睛，但也有一个人同情地向她点了点头，还有一个拍了下她的肩，说了声上帝保佑什么的。

19路车终于来了，乔安娜低着头走到车尾。她在位置上坐下，脸抵在窗玻璃上避免他人上前来和自己说话。电车晃晃悠悠穿过帕克维尔树木繁茂的大学城城郊。帕克维尔,这个名字听起来很熟悉。哦，那个飞机上坐她后座的老太太就住这里。过了大学城，墨尔本就没那么绿意盎然了：车水马龙，低矮的商铺鳞次栉比，都是些像小食店和咖啡店这样的餐饮店，间或有几家卖枪支的店。再过去是杂乱无章的维多利亚式村舍，平坦的土地延展开去，托起远处稍大一些的村舍与平房。

车到了自己要下的那站，不可避免要走过余下所有的乘客才能下去。令她不安的是，所有人都对她投以同情的目光。她一下车就照着手机上下载的地图指示飞奔起来。亚历山德拉的房子距离站台有三个街区。

乔安娜在写着波特维尔街的路牌边停了下来，大口喘气。亚历山德拉就住在这里。自己马上要和她说上话了，面对面的，有史以来第一次。除了昨天晚上的电话,她根本没和亚历山德拉说过话。她曾经写过邮件。第十七次草稿是这样打的：

亚历山德拉：

我很抱歉我骗了你，伤害了你。我很羞愧，我永远不会原谅自己。

乔安娜

这封邮件从未寄出去，里面的字句无用而苍白。前面的十六封则更糟。要怎么说才会显得自己不是个自私卑劣的浑蛋——说她有一个月都不知道他是有妇之夫，说她知道他们婚姻不幸，说她有九个月都在挣扎着不去觊觎亚历山德拉的床，说她之前从没撒过谎，做过第三者，恨过自己？不，无论她写什么，她的道歉都没有任何意义，无论她怎么说，她的丑陋与罪恶都不会减轻半分。

这条街上的房子大多是帆板房，颜色、形状、大小无一相同。亚历山德拉的家是左边第四户，一幢奶油色蓝边加利福尼亚式的单层房屋。屋外是一圈白色尖顶木围栏和不是很整洁的车道。这是个看起来很幸福的家：漂亮而且温馨。

乔安娜拿下帽子和眼镜塞进包里。为自己打了打气，踏上车道，沿着窄小走廊穿过彩色玻璃窗，来到前门叩响了门。她听见音乐被关掉了，一阵脚步，门开了……亚历山德拉就站在那里，穿着无袖上衣、七分莱卡运动裤和跑鞋。她身材苗条而健美，素面朝天。所谓的“曲线起伏大一些”，阿利斯泰尔显然只是指“胸部大一些”。亚历山德拉至少有C罩杯，形状挺翘完美。虽然她比乔安娜大了十二岁，但看起来要比如今的乔安娜年轻。乔安娜已经不愿意照镜子了，偶尔一瞥，她看见的是一个形销骨立、一脸憔悴的废人，双眼红肿，乌黑的眼窝深陷。她现在可以看见自己的肋骨。她的胯骨像手肘骨一样戳在外面。而另一边，亚历山德拉则是体型匀称，体重适中，面色红润，头发修剪得整整齐齐，眼睛下也没有眼袋。

她没有笑，也没有抱乔安娜。“进来。”

这大概是乔安娜参加过的最神经紧绷的会面了。就好比因为考试作弊而被送进了班主任办公室或者因为冷血谋杀而被领到陪审团面前示众。不，要把这两件事加在一起，放大数千倍，才能比拟乔安娜现在的愧疚、尴尬与畏惧。

房子里面给人的感觉和外面一样——舒适，朴实但时髦。长长的宽阔门厅铺着斑驳的地板，白墙装饰成了照片墙。走在亚历山德拉后面，乔安娜看清了其中几张：克洛艾骑在自行车上，克洛艾和她妈妈在沙滩上，克洛艾和阿利斯泰尔在伦敦塔桥上。乔安娜惊讶在这里能看见阿利斯泰尔的照片。她又一次见到了曾经的阿利斯泰尔。比起童年卧室里的他，她更喜欢这里的他。

乔安娜问自己此刻是什么心情，试图用安妮·多彻蒂教的方法界定情绪。这个方法叫情绪智力,用以辨别理解自己的情绪状态。只有理解了自己的情绪才能管控它们。她在嫉妒，可是她不明白为什么。说得更具体一点，她无法只用一个理由来解释。

也许是因为亚历山德拉比她好看，身材比她更好。即使是在认识阿利斯泰尔以前单纯快乐的时候，自己也比走在前面的这个大美人差了一大截。一定是新鲜感和年轻才让阿利斯泰尔忽视了那一大截的差距，觉得自己更好。

也许是因为亚历山德拉比她聪明。她是一位合格的律师——她的毕业照现在就挂在面前的墙上。而乔安娜“仅仅”是个老师。如果这是在某次晚宴上，乔安娜会出声反驳“仅仅”二字（人们总是贬低教师；教师的薪资与劳动付出不成正比；教师是世界上最重要的职业），但她必须承认自己仅仅是一介教师，因为自己再怎么绞尽脑汁去写“苏格兰伟大小说”也写不出第三页，写出来的那两页更是不忍直视。

也许她嫉妒亚历山德拉是因为她没有背负罪恶，步履轻快，不像某些破坏了别人家庭、杀了自己孩子的人。

又或许是因为她有孩子，她的孩子很快乐——照片里的小女孩，笑容满面，健康成长，生龙活虎。

又或许是因为最终的最终证明阿利斯泰尔并没有更爱乔安娜。她不是特别的那个，事实上，甚至是不如的那个。

房子的后部被装修成了开放式空间，集厨房、餐厅、客厅为一体，从玻璃门望出去是一个漂亮的露台，摆着烧烤架和室外家具，还有一片草地，草地上有个圆形大蹦床。

后门外一间鸟舍里养满了叽叽喳喳、五颜六色的虎皮鹦鹉，餐厅角落放着仓鼠笼子，窗沿上的猫发出了轻柔的呼噜声。对了，克洛艾是个动物爱好者。

“我为你新煮了咖啡。”亚历山德拉拖出厨房的高脚凳，示意乔安娜坐上去。她自己走到了长台的另一边，屁股靠在水池上：“但是后来我又倒了。”

乔安娜差点笑出来。她绝对是笑了。

“这个场景我想象过很多遍，”亚历山德拉用水龙头装满两只玻璃杯，放到了长台上，“这个时候你一般都在流血。”

乔安娜将杯子拉到面前，看着亚历山德拉：“我挺乐意那样的。”

冰箱上贴满了学校通知和充满快乐回忆的照片。亚历山德拉竭尽全力去掩饰慌张，避免出错，于是开始往洗碗机里填塞早餐盘子。乔安娜清楚人们一直怀疑的是什么，但这绝不是一个孩子无人照看的家。

亚历山德拉将洗涤粉倒进洗碗机，关上门，抱起胳膊，松开，端起杯子喝了一大口水。“诺亚的事我表示难过，无法想象你现在的心情。”仍旧没有和乔安娜对上目光。

乔安娜没有预先准备她想说的话，但这并没有困扰到她。亚历山德拉没有让她局促难安。恰恰相反。虽然奇怪，但她很久没有那么放松了，或许是因为谎言终于要结束了吧。这让她想起了她和阿利斯泰尔关系转正的第二天。不能抑制地嘴角上翘。不是因为开心，而是因为解脱。她再也不用撒谎了。“你读过《安娜·卡列尼娜》吗？”意识到的时候，话已经问出了口。

“我看过电影。不是凯拉·奈特莉那版。”

“苏菲·玛索？”

“她是法国人？”

“对，那是改编得最好的一版，不过原著，天哪，我从少年时起就迷上了这本书，一遍遍重读，认识阿利斯泰尔前，我像个傻学生一样喜欢它。之后,我就再没能看过它。我那时候不明白为什么，但现在我知道了，是因为这本书的主题：‘你不能把自己的快乐建立在别人的痛苦之上。’”

亚历山德拉打开水壶，往咖啡机里舀了新鲜的咖啡豆，一个乔安娜可以继续的信号。

“阿利斯泰尔完全不能领会这本书，他说，‘什么样的女人才会毫无原因地自己跳上火车轨道寻死？’”

“阿利斯泰尔不能领会的不是这本书。”

这句定论让她战栗起来。乔安娜多么希望自己在第一次知晓亚历山德拉的存在的时候就来找她谈过话。四年来，第一次，她觉得自己是理智的。“你没有疯，你也不是个酒鬼。”乔安娜说道。

“哦，我可不知道。”

“你是个好妈妈。”

“这同样有争议。”

“阿利斯泰尔做父亲的时候是什么样的？”

“他享受父亲这个头衔。”

“所以你觉得克洛艾没有他活得更好？”

“我认为克洛艾更需要我和她的外祖父母。”

想起自己的父亲，乔安娜僵住了。前一晚还把自己搂在怀里，下一晚就离开了。

“他有一个月没有告诉我他结婚了。那时候……这不是借口。”

亚历山德拉往咖啡机里注水的手顿住，一脸震惊，自乔安娜进门来第一次正眼看向了她。“我不知道这事，”她停了停，“这是个借口。但只有四周的期限。”

乔安娜缓慢地点头。亚历山德拉风趣、聪明、睿智。如果两人不是这般境地，她或许会倾慕亚历山德拉。她知道这没可能，但她想要自己喜欢她，或者至少心灵相连。“认识他之前我不是个骗子。而现在我是个彻头彻尾的骗子。”乔安娜说道。

亚历山德拉将马克杯和牛奶放到长台上。

“也许你没有疯，但我绝对是疯了，”虽然到现在对方一直反应平平，但这丝毫不影响乔安娜继续，“我永远下不了决断。前一秒是这个想法，下一秒是另一个……昨天晚上我给我在格拉斯哥的咨询师打了电话。她今天可能在琢磨要怎么把我送进精神病院。

我告诉她我被困在了戏剧三角里。”

亚历山德拉扬眉，为她倒好咖啡：“加牛奶？”

乔安娜点头：“现在我只要一靠近阿利斯泰尔，就好像真的能见到它。”

“受害者，救赎者，迫害者。”亚历山德拉说道。

“你知道？”

亚历山德拉走过来坐到她边上的凳子上：“如果你是来道歉的，我不想要也不需要。我很好。”

乔安娜知道她在说实话。她的一切，这个家的一切，都很好。

“对不起，一个渺小、无力的词，但是我真的抱歉，”乔安娜说道，“就算我是真心的，安慰的也只是我自己。这不是我来这里的原因。”

“那么，为什么？”

“有些事。在我行动之前我想看一下这里的情况……看看克洛艾，和你一起生活得好不好。”乔安娜知道自己刚刚说的话全错了：不合身份，引人作呕。话一出口，她就坐立不安起来。

亚历山德拉站起来。就算真的有什么心灵联系那也在刚才那一刻戛然而止了。“你不如把这事留给社工，嗯？”

“是这样。我不想开听证会。我现在清楚地确定我不想让他把克洛艾从你身边带走。”

亚历山德拉走回长台这边：“他不会了。他没告诉你他来见过我，说想和我一起解决这件事吗？”

一阵热气涌上乔安娜的脸。又一次，阿利斯泰尔给了她与事实截然相反的信息。他告诉她的是一回事，告诉亚历山德拉的是另一回事。她摇了摇头，生气自己还会为这种事感到惊讶：“他告诉我他来见你是为了让你心里舒坦些。他还是想带克洛艾回苏格兰，亚历山德拉。”

咖啡杯从亚历山德拉松开的手中掉落。“该死！”她冲到水池边，抓起一块布，颤着手去擦洒出来的咖啡。乔安娜几乎能感受到她浑身散发的怒意。“我以为他的意思是我们不用上法庭了，可他没有明确地这么说过。天哪，我还是那么蠢。到今天，我早该看清他的套路了的。”

乔安娜完全能明白她的意思。阿利斯泰尔总能让你和他达成共识，即使你心里根本就不愿意。“我想要帮你，”乔安娜说道，“克洛艾应该在这里，在澳大利亚，和你在一起。”

“你打算怎么帮忙呢？”亚历山德拉眼中的轻蔑让乔安娜畏缩了一下。

“我……那个……他有留了什么东西在这里吗？你有找到什么吗？”

“怎么会？”

“你确定？你能仔细找找吗？”

“他留了个装相册的箱子。你来这里是因为他忘拿东西了？”

“不是，但是我怀疑他是不是留了什么东西……”

“我清了箱子，里面只有三本相册。没别的了。”

她要怎么表达呢？阿利斯泰尔有没有把诺亚的围嘴留在了箱子里？他说他烧了，但也许他并没有。或者他有没有把诺亚的别的什么东西留在了这里？“就是……再看一下，检查检查。看看有没有奇怪的不能留着的东西。还有我觉得大家都应该知道我是个坏妈妈。克洛艾应该知道他是个坏人。”

亚历山德拉手撑着水池站起来，再次紧咬下唇，明显是生气了。“我要去克洛艾学校一趟。”她气坏了，显然想摆脱掉乔安娜。

“可是我需要解释……”

亚历山德拉已经往前门走去了：“我指给你车站怎么走。”

她走得很快，或者她迫不及待想摆脱这片阴影。乔安娜戴上棒球帽和墨镜，几乎是一路小跑追着她到了位于转角处的学校。水泥地操场上聚满了一群群年轻人。有长长的几秒，乔安娜被这幅景象吸住了心神。她想念以前的生活。

“我不想她看见你。车站就在那里。”亚历山德拉说道。

乔安娜没有放弃，也不会离开，现在还不是时候。她站到树后躲了起来，这是她在做第三者期间练得炉火纯青的技能。亚历山德拉吹了记口哨，抬手示意，克洛艾趁人不注意走了过来。

“来查岗？”她问道。

“对。你还好吗？”

“不好。”

“你怎么不去和布莱克坐一起？看，他在那里看书呢。”

“你怎么不管好你自己的事？”她抬脚离开，又折了回来，有些内疚地补充，“对不起，妈妈。我没事。”

“我爱你。”亚历山德拉担忧地亲了亲她的女儿，看着她走回长椅，伶仃一人。

接着亚历山德拉转向乔安娜，以一种不要再烦我了的口气说话。乔安娜一度渴望的眼神交流凌厉而坚定，她现在希望亚历山德拉能移开眼睛。“听我说，”亚历山德拉说，“我会为了克洛艾去战斗，我会赢得这场官司，但我不会让她站到她父亲的对立面。虽然这几年我恨他恨得咬牙切齿,但我不是个政客。我不会去做负面游说，不会耍阴谋诡计。虽然这做起来困难重重，但我不会让她在恨意中长大。这会毁了她的。除去她上两周的表现，她一直是个快乐的孩子。她是不想和他——和你——住一起，她是在生气他是这样让她失望的浑蛋父亲,但她爱他。这一切对她的幸福成长至关重要，他会一直是那个极其成功的父亲的形象，即使相隔遥远，依然爱他的女儿。所以无论你希望如何帮我们，请保证不要让我女儿对她父亲的印象再坏下去了。”她顿了顿，放低了音量，“我们不是相互扶持的姐妹。不要再联系我了。”

在乔安娜能反应过来之前，亚历山德拉转身走了，将乔安娜和她愚蠢的计划丢在了一个名叫科堡的地方的一所中学外面。

一辆汽车飞驰而过，剐到了她的手提包。“站在路上找死吗，疯女人！”司机吼骂，一路响着喇叭直到消失在转角。乔安娜反应过来自己不该站在路中间。别的人都站在路缘石上等电车。她紧了紧手上的包，走到路边，盯着电车轨道发呆。

按照计划，她现在应该笑着离开，可现实是嘴唇沉重得像是再也没法动弹了一样，眼睛粘在了轨道上。乔安娜原本的打算是确认阿利斯泰尔并没有栽赃证据构陷前妻，以及克洛艾很安全并且健康茁壮之后，她就转身离去，去警局，一个可以减轻折磨的地方。在她的想象里，亚历山德拉可能会陪她一起。

她真是个傻子。

乔安娜杵在原地，看向右方，视线随着即将把她带回与阿利斯泰尔约定地点的笔直轨道延伸向远方。她已经毁了克洛艾的生活一次，她不会再毁第二次。她不会让一个有着事业有成但远居外国的父亲的快乐小女孩变成一个可怜的小女孩，只因为她的父亲埋了她同父异母的弟弟，对着警察、对着这个世界、对着她满嘴谎言。

路对面走过一对夫妻，中间是他们的小女儿。两人各牵了女儿的一只手，数到三，然后孩子“哇哦”一声飞了起来。乔安娜记得在皇后公园自己也和父母玩过这样的游戏。她记得父亲走后母亲说过的话：她应该忘记这个父亲；既然他都不在乎自己的女儿，她为什么要在乎他；他是个坏人，自私自利。

哦，那个咨询师对乔安娜在母亲死后迅速爱上了阿利斯泰尔这件事全无兴趣。

电车来了。乔安娜即将带着罪孽走上去，最终带着罪孽走进坟墓。在此之前，她都要和阿利斯泰尔·罗伯逊生活在一起，日复一日，一遍遍重温杀死自己儿子的那段记忆。

伴随着尖利的嘎吱声，19路在面前停了下来。乔安娜将棒球帽和墨镜扔进垃圾桶，跟随人流踏进车辆规整排列的马路，走上车，完全不在意是否有人认出了自己。她要去扮演一个角色，一个必须扮演的角色，期限是余生。

扮演的角色。上演的戏剧。奉上的惩罚。所造就的人。展示着蕾丝内衣的橱窗。乔安娜走下电车，向商店走去。

小店隐匿在悉尼路传统的黎巴嫩酒店、有机咖啡店以及做菜很慢的餐馆之间。走近后，乔安娜看到了店名写着“乡村摇滚：吸血鬼内衣”。

小店里没有顾客，只有一位下身穿牛仔裤，上身搭配红蕾丝黑色乳胶衣的热情店员。女人热切地冲了上来：“今天天气真好！”

看着一排排令人血气翻涌的情趣内衣，乔安娜可以感觉到自己的双唇在颤抖。和阿利斯泰尔刚开始约会的时候，她把一个月的薪水花在了丝袜、性感撩人的内裤以及透视胸罩上。约会。她以为他们是在约会，实际是他们在携手走向地狱。

“你穿这个会很好看的！”店员似乎并不在乎乔安娜的一言不发，“吸血鬼妖姬！”她举起一件黑色短裙，高领，但从胸部到私处都是真空，只有几根绳子松散系着。乔安娜觉得这是她所见过的最不性感的衣物了。

她的眼光被后排的什么吸引了过去。不是因为衣服，而是它的名字——“永远的情妇”。她大声念了出来，看着架子上俗艳的橡胶短裙和暴露的上衣，搭配以红色蝴蝶结收边的渔网袜。

“这件也很适合你。”店员说着，把那件妖姬挂了回去。

它当然适合，乔安娜想道。永远的情妇。简直是为她量身定做。“我买了。”

“我们只有一件十号的。你不先试一下吗？”

“不了。”

从墨尔本北站下车时才下午一点半，还要等半个小时。要在新生活中存活下去，她需要帮助。寻求一点小小的帮助并无问题，只要你小心别弄混了药瓶，只要你别杀你的小孩。街角的酒吧昏暗简陋。她点了一杯最便宜的红酒，第一口下去吞了三片镇定药。

“外面很热？”酒保在她连喝两杯之后问道。

“不确定。”她已经有好几周没注意天气了。可能是很热，可能不是。她把杯子推过去，点头示意要第三杯。

“嘿……我认识你吗？”

“我不觉得。”

“我认识你。绝对是。或者你是这里的常客？”

“第一次来！”乔安娜灌下酒，把杯子摔在桌上又要了一杯。

“你住在月亮池塘区？”

“不是。”

“你住哪儿？”

“爱丁堡。”

“爱丁堡……那么你的口音是……”

“是苏格兰口音。”

“苏格兰,呃。我认识你。我能想起来。苏格兰……”他努力回想，仔细观察她的脸，然后露出了被海浪迎面击中的表情，“哦，该死，朋友。对不起，真是对不起。”

“没关系，”乔安娜喝光了第四杯，“为什么要觉得抱歉？”

“只是，你知道，我确实抱歉。”气氛太过尴尬，酒保装作有别的事要忙，跑去了吧台另一头。

乔安娜没有再点一杯就离开了，让他从不得不再回来和她聊天的痛苦中解脱。

在走回约定地的途中，乔安娜被水泥地上的裂缝绊倒，撞在了垃圾桶上。路的这一边，阿利斯泰尔正等在车里，拿着手机打字。她往嘴里扔了颗薄荷糖，深吸一口气，步履尽可能平稳地向他走去。

“嘿，宝贝，”他将手机塞进口袋，在她唇上亲了一下，“玩得开心吗？”

“我很好，”乔安娜回答，“你呢？”

“很好，以后会越来越好！”阿利斯泰尔的惊喜是在圣基尔达海滩边订了家酒店，“我们实在需要离开一下吉朗。”车沿着比肯斯菲尔德商业街前行，他开口说道：“就我们两个人，再没有别的。我们真的应该试着清空头脑，过下两人世界，就一晚上。”

“你见上菲尔了吗？”乔安娜问。

“我留了信息可他一直没回。我有整整七年没见菲尔了，你能相信吗？我最好的朋友在意外发生之后一直没有联系过我。我觉得他至少该回个电话。”

意外。所以这就是描述她杀了诺亚那一瞬间的词。“那你都干了什么？”她问道。

“等你。”

骗子。他一定去做别的事了。是什么呢？这个浑蛋干什么去了呢？在乔安娜生命剩下的日子里她将会有无数这样的问题，这样她已经不屑去问的问题。这也是惩罚的一部分，她想。

这家酒店与他们过去幽会的那些大相径庭。那时候阿利斯泰尔总从后门溜进来，而乔安娜会在几分钟后从门厅进入。首先，这家酒店是五星级，不是他们以前在网上用假名假地址订的那些最多两星的酒店，房费还是两人 AA 制现金付的。他们的房间在五楼，窗户俯瞰海滩，正对着城市的摩天大楼。阿利斯泰尔把口袋里的东西都放到了桌子上。乔安娜以前觉得他这个动作很可爱。现在她只有克制不住的冲动，想去翻那些揉皱了的收据，想知道他去买了什么，做了什么。他走去卫生间，没有关门，从里面传出了响亮的撒尿声，他以前从没这样过，所以即使乔安娜有心去查，也查不了，会被发现。阿利斯泰尔走回房间，打开他从大厅酒吧订的香槟，给她倒了一杯。“我们不该为了重寻快乐而内疚，”他说着，将盛满香槟的酒杯递给她，“我们再痛苦、再内疚，他都不会回来了。诺亚不会希望我们这样。”

乔安娜笑起来。真是个自以为是的浑蛋。

阿利斯泰尔将酒杯递到她手上，面带惊惧——只有疯女人才会这样笑。

“你觉得诺亚希望我喝得醉醺醺地和你交媾？”

阿利斯泰尔放下自己的杯子，满目怜爱地看着她：“我觉得诺亚想要你原谅自己。”

“你原谅我吗，阿利斯泰尔？”

“当然。”

哈，套出来了。如果他说原谅她，证明他觉得这是她的错，这一切都是她的错。

“你知道吗，我觉得诺亚根本不想我原谅自己。我觉得他想活着。”她喝光这杯，又倒了一杯。

阿利斯泰尔坐到床上，脸埋进手掌里。“乔安娜，回来吧，”他说道，“你去哪儿了？我受不了了。请你回来吧。”

乔安娜几口喝完了一杯，重新倒满，又一气喝完。她要是能像这个自私鬼一样就好了。他过得很好，应付自如。此时此刻，乔安娜嫉妒他。不知为何，他居然还成功地让她为他的难过而内疚。

好像她心里的内疚还不够一样。“我要把自己灌醉。”

阿利斯泰尔抬头，满怀希望——“好主意”——接着为乔安娜倒了进门二十分钟里的第三杯酒。在酒吧喝了三杯红酒，在这里喝了三杯香槟。乔安娜找到了恢复活力的正确方法。

“你去买内衣了吗？”

乔安娜把乡村摇滚的包装袋从手提包里扯了出来，扔在了床上。

“哇哦，站到我面前来！”

乔安娜以前很喜欢按他说的做，站到他面前，剥光衣服，抚摸自己，这样摆，那样动，让他为自己的胴体目眩神迷。

她脱鞋的时候趔趄了一下，摔在了地板上。没有人笑。她坐在地上，迅速脱掉了剩下的衣服，然后跌跌撞撞站起，僵直地站到他面前，虽然身体还在摇摆。窗户是开着的，阳光照射下她苍白的皮肤反着光，身上青一块紫一块，那是撞在池塘栏杆和垃圾桶上留下的伤。她垂下眼睑，看着自己毫无性感可言的身体咯咯笑起来。要是自己一直都是这副样子，就不会落到现在这步田地了。

“你美极了，乔安娜，”他的表情可不是这样说的，“不如我再点些吃的怎么样？”

乔安娜低头，细看自己消瘦惨白的躯体。大腿内侧凹陷了下去，腿根内圈皮肤层叠起来。胸部像瘪了的气球：扁小，松软，下垂，空荡。细小的粉色纹路从乳头中心像蜘蛛网一样向外扩散。她伸手碰了碰阴毛梢，指尖沿着岩浆一样延展的妊娠纹绕了一圈又一圈，又顺着怀孕时出现的第一条棕色纹路，一路向上划到肚脐。她把一只脚挂到椅子上，观察镜子里的自己。很难说是哪里，但是有地方不一样了，绝对是不一样了。

乔安娜站在镜子前，笑起来。她的身体很美。遍布全身的所有印记都昭示着：诺亚来过这个世界。

“你把新衣服换上怎么样？”阿利斯泰尔听上去有些害怕她。她喜欢这样。

“都听你的，阿利斯泰尔。”

乔安娜关上浴室门，往浴缸边一坐。对了，她现在又是在做什么？她所过的生活——就像现在这样的生活，毫无改变的希望。她要怎么过下去？在她爸爸离她而去的时候，她的应对方法是把自己埋进书里，以及写个列表列出生命中美好的事物（妈妈幸福健康、美丽依旧；她们的家非常可爱；柯丝蒂一直陪在她身边，总是那么幽默）。在她和迈克分手之后，她全身心投入到了园艺中，并且又列了一张生命中美好的事物的表（妈妈美丽依旧；工作很有意思；柯丝蒂一直陪在她身边）。

而现在，她要做同样的事。为了克洛艾，她必须将她的余生和阿利斯泰尔绑在一起，所以如果她不讨厌他的啤酒肚会更好一点。乔安娜坐在浴缸边，列起了以前喜欢他的地方。都是什么来着？呃，嗯。他很成功。她喜欢这一点，不是吗？自信，这一点以前看来是不错的。他爱好运动，有那么一点吧，他会时不时出去骑行。好吧，他们刚认识那会儿他是这样的，虽然多数时候骑行只是他拿来骗妻子的借口。他曾经在玄关将她抱起来转圈，一遍遍说“我爱你”。他给她买过很棒的生日礼物——只有一次，是去阿姆斯特丹的旅行。在那里，他们沿着运河散步，在咖啡馆抽烟，一起开心地笑，散步、做爱、抽烟，在明亮得怪异的屋子里享受印度尼西亚式大餐，抽烟、做爱、抽烟，蘸蛋黄酱吃薯条，做爱。他是个浪漫的作家，曾经每晚都会给她写情书——好吧，用邮件写。其中一封，她几乎铭刻在心。

我的宝贝：

我们不会结束。我们会永远在一起。

昨晚，我往车站走的时候，一眼瞥见了坐在汉乔酒吧里被朋友环绕的你。我透过窗户看着你。你有意识到人们都被你吸引住了吗？你被众星捧月般环绕着，不是因为你是那里最美的人（虽然你确实是），不是因为你是那里最聪明的人（虽然你确实是），而是因为你是那里最风趣幽默的人。我想要整日整夜听你说话。我愿意用我的余生换这个机会。今晚和我见面，乔安娜。我要把你抱在怀里。

我们不会结束。

永远属于你的

阿利斯泰尔

这封信让她飘飘欲仙。她翻来覆去地看，回味着字句。在上班途中的地铁上，那些字飘浮到了空中，萦绕在眼前，包裹她于极乐的眩晕中，让她忍不住地微笑。下班回家后她把信打印了出来，在睡觉时抱在了胸口。遇见阿利斯泰尔是她这一生最美好的事。阿利斯泰尔是这个世界上最棒的男人。他爱她。他觉得她风趣动人。

如果他现在已经变心了，那也有旧情重燃的可能。如果他还能爱她的话，乔安娜倒可以继续和他生活下去，虽然事后想来，他能在晚上从酒吧窗户里“一眼瞥见”自己似乎确实有那么点奇怪。忘掉这个想法，乔安娜。他没有跟踪你。他是去开会了，只是恰好看见了你。

忘记自己在阁楼里找到的那些信，那些多年来亚历山德拉寄给他的信。“阿尔，这是我度过的最漫长的夏天！你什么时候到斯潘塞街？我会不穿内裤等你。爱你，丽姿（屋里最风趣幽默的人！）。”

如果同样的话他也对亚历山德拉说过呢？乔安娜就用过相同的话来形容过迈克和阿利斯泰尔——你是我的挚友，是我的灵魂伴侣，我爱你，诸如此类。好吧，可能丽姿和乔安娜都是他所指的那间屋子里最风趣幽默的人。那不一定完全是一堆花言巧语。

她把“永远的情妇”套装从包装袋里拿出来，穿上。她必须把腿岔开一点才能防止裙子滑下去。短裙险险挂在她臀部。几分钟后，她拉开了浴室门，一只手扶着门框以免摔下去。

阿利斯泰尔在看电视，嘴里吃着客房服务送来的满满一盘子三明治。

“你好啊！”视线上移，再往下，回到上面。啊，没有挑起兴趣。“这……是不是有点大了？这是几号的？过来，吃个三明治吧。”

乔安娜坐在床上小口啮咬着五香熏牛肉三明治，想着他是不是也是这样对待亚历山德拉的：前一秒她还是他的王后，一起在火车上啜饮香槟，那么美艳无瑕，唯他所有，一路捧着奉上神坛。紧接着，嘭一声，跌进地狱。

毫无疑问这就是亚历山德拉的经历。凭什么换了乔安娜就会不一样呢？

“你在等我的时间里都做了什么？”她问道。

“什么也没干。”

“这么说，你从……什么时候来着，早上十点到下午两点什么也没干？”

“嗯，好吧，我点了杯咖啡，坐着读报。怎么了？”

“那要用四个小时？”

“你干吗要这样？我也没问你都干了什么呀。你都做什么了呢？”

乔安娜挪到梳妆台前，开始翻检阿利斯泰尔从口袋里掏出来的那把皱巴巴的收据。

“你在干什么？”

“随便看看。”

“好，看吧。”威胁的语气——好的，可以，可是你这样我很不高兴。

“算了。”乔安娜把收据扔到床上，不确定自己妥协是因为没了继续看下去的兴趣还是不想阿利斯泰尔离开。哦，天哪，是的，她可以确定是哪个原因——是后者，她不想这个浑蛋离开。现在的她就和快被阿利斯泰尔抛弃的亚历山德拉一样：闷闷不乐，没有安全感，困惑不已，迫切需要被爱，惴惴不安，悲惨凄凉，毫无性感可言，并且充满了歇斯底里的怨愤。

客房服务送到的第二瓶香槟叫停了这场争吵。当房门再次合上的时候，乔安娜又喝下了一杯，眼睛望向了窗外。

今日的乔安娜就是昨日的亚历山德拉，甚至处境更惨。她现在不得不扮演的是酒鬼加疯子的角色。她不能收拾行李一走了之。她必须守在原地，承受这一切。这是对她的惩罚，守住秘密，保持缄默，孤军奋战。

她又灌了一杯酒。

现在是下午四点。要是往日这个时候，他们应该已经结束了一轮性爱，向着第二轮努力了。她应该在做他呆板无趣的妻子从没做过的事，比如说口交。尽管这可能也是个谎言。也许亚历山德拉吞下的液体都能装一桶了。

阿利斯泰尔吃完了最后一点三明治，关掉电视，脱光衣服。乔安娜注意到他胖了：背部多了些赘肉；盆骨区鼓起了一块，显得他的下体变小了，或者事实是被肥肉盖住了一些。

“乔安娜。”他走近，抱住了她。他黏腻的裸体让她感到恶心。“嘿，宝贝，不要这样了，好吗？我爱你。我想和你重拾快乐。我想和你做爱。”他松开了拥抱，好看着她的脸，“我想要娶你。”

乔安娜脑海中闪过的第一个念头是男人怎么可以赤身裸体站着求婚，除非你刚刚和他做完爱，即便是这样，那他也没有资格。这是世界上最不可原谅的事，比你明知道心目中的未婚妻不会游泳还在水下求婚，或者她不会日语你还用日语求婚要恶劣百倍。

他们以前谈过这个话题。婚姻对你的意义显然不大，乔安娜这样对他说。我们所拥有的要比婚姻好太多，阿利斯泰尔则这样告诉她。

她知道他为什么现在提结婚的事。他需要拥有她，监视她，确保她不会离开自己，崩溃，毁了他，说出真相。这是他要扮演的角色，乔安娜猜，在他生命剩下的日子里。

很公平，乔安娜想。她需要有人来配合演出。“你还爱我吗？”她问道。

阿利斯泰尔站直身子，表情严肃：“你是我灵魂的伴侣。”

“别扯那些没用的。我怎么相信你还爱我。”

“苍天可鉴，”他说道，“我还爱你。”

“这个没有说服力。”

“你是我生命的一部分。没有你我活不下去。”

“这也是废话。你现在还觉得我有魅力吗？”

“当然。看看你，多美，我怎么会不这么觉得？”

“我哪里美？”

“你有世界上最动人的微笑。我很想念它。还有你的嘴唇，你的嘴唇是我最爱的一处。大小正好，形状正好，明明没有涂口红却像涂了一样艳丽，而且当你笑起来的时候，它们就变了副样子，完美的形状。还有你那双眼睛……”

“我风趣幽默吗？”她在他身上已经找不到那种感觉了。

“绝对的！”

“我可以嫁给你，但是有一个条件。”

“哦，是吗？是什么？”

“我们在这里定居，我就嫁给你。为了克洛艾。我们把克洛艾留给亚历山德拉，你每周末看她一次或者安排别的时间看她。”

“你在开玩笑，是吧？”

“没有。”

阿利斯泰尔放开她，走进浴室，打开浴缸水龙头：“我不会把克洛艾留在那个女人身边的。”

乔安娜跟了进去:“你说你和她好好谈过了。”

他把泡泡倒进浴缸:“她是个疯子，我告诉过你了。”他用装泡泡的瓶子指着她，像举了把枪一样:“她就是个他妈的酒鬼。什么样的女人才会绑架孩子？什么人会干这种事？”

“那不是绑架。我不觉得她疯了。”

“你不了解她。”阿利斯泰尔把泡泡浴瓶子摔进水池，自己泡进了浴缸里。

乔安娜内心嘶喊着想要告诉他她现在了解她了，她喜欢她，该死——是仰慕她。她忍住了:“我们要更糟。”

身体被泡沫覆盖住，阿利斯泰尔坐起来，用拳头指着她，政客惯用的姿势。不要用手指指着别人，会让人觉得有攻击性。“我们不小心犯了一个可怕的错误。而她是明知故犯，不可原谅。”

“那好，如果我们在这里定居，我们就结婚。”

他收回了拳头:“我们改天再谈这个。”他的头沉到了水下。谈话结束。

乔安娜离开了浴室，把衣服穿上。她能听见阿利斯泰尔把水拍溅得到处都是。她的两条腿塞进了内裤的同一个洞里。她醉得太厉害了。她重新穿好内裤，套上了裙子。

“乔安娜，你在做什么？”他喊道。

“我要走了。”

“拜托，乔安娜，我们有一整个下午和晚上的时间。别毁了它。”

她是醉了，她是气得火冒三丈，可她绝对不会忘记她新的使命。让谎言得以存续。结束他人的痛苦，即便代价是要和这个浑蛋共度余生。或许阿利斯泰尔会软化下来，又或许他们会输了官司。

只是现在，她一定要逃离这间酒店房间。她把“永远的情妇”套装放回了包装袋。“我需要一点新鲜空气。你好好泡一泡，休息一下。我去把这件蠢内衣退了。”

乔安娜并没有打算上门拜访埃默里女士，这一切只是自然而然地发生了。她搭上电车一直坐到了卡尔顿，然后朝着19路车的车站走去。她走过墨尔本大学的平坦草地，走过草地上沐浴着阳光的学生。亚历山德拉曾在这里学习法律。阿利斯泰尔在这里取得了政治学和MBA学位。每个人看上去都很快乐。乔安娜猜那时的阿利斯泰尔与亚历山德拉也在这里度过了愉快的大学时光：无忧无虑，前途无限，沐浴爱河。

等她步入主路，她把乡村摇滚的包装袋扔进了垃圾桶，打开谷歌地图输入了埃默里女士家的地址。

埃默里家离这里只有五分钟的步行路程。这是一幢维多利亚式的两层排屋，华美繁复的铁艺栏杆环绕露台，饰以彩色玻璃。她似乎很有钱，这位老太太。乔安娜按下门铃，并不确定自己为什么在这里，也不知道自己要说什么。她正要伸手按第二下，门开了，埃默里女士戴着园艺手套和一顶大草帽站在门后。她比在飞机上时看起来要年轻许多，可能只有六十岁左右。她很纤细，但不像乔安娜想的那样病弱。乔安娜并不需要自我介绍。“乔安娜！进来，快，别站在太阳底下。你看起来脸色不大好。”

门厅铺有黑白交错的棋盘地砖。两人在去厨房的路上穿过了两个大房间，都铺着实木地板，装饰有富丽堂皇的壁炉，其中一间还放了架漂亮的大钢琴。她不仅有钱，还有品位。

埃默里女士脱下手套和帽子，把一只古式的水壶放到了炉子上，从烘盘里切下几块布朗尼。“时候刚好。”她说着，把几块蛋糕放进一个盘里，然后拿了一块。“吃了它！”她放了一块在乔安娜手上，“你喝了酒，需要吃点东西。”

乔安娜艰难地咀嚼着咬下的那一小口。奇怪的滋味，引人反胃，蛋糕在下咽的那一刻灼伤了她的喉道。

角落里的白漆古董书架上摆满了书。巨大的乡村餐桌上，收音机正在播放着爱乐频道或者某个澳大利亚音乐频道的柔和乐曲。

据乔安娜的判断，埃默里女士的花园并不是典型的澳大利亚式花园，铺砖小径蜿蜒穿过平整的草坪，环绕草坪的是欣欣向荣的各色花朵。“你的花园很美。”

“是啊！都是今年夏天的功劳。恐怕我的修剪和灌溉没帮上什么忙。”

乔安娜看向书架上的一本书：彼得·凯里[1]所著的《魔术师》。“你喜欢藏书。”

埃默里女士将嘟嘟叫起来的水壶从炉子上拿下来，把水倒进水壶里。“我以前是个编辑。我很注重细节，会注意到别人注意不到的事。这是我的天赋。我相信每个人都有自己的天赋。”

乔安娜托腮，盯着布朗尼的烤盘发呆：“是的，我也有一个。”

她在哭，埃默里女士张开双臂朝她走来。这是出事以来乔安娜唯一欣然接受的拥抱。她在陌生人的怀里哭泣。她想象抱住自己的是她的妈妈。她的妈妈总会在她难过的时候陪着她，会告诉她

[1] 彼得·凯里，澳大利亚小说家，曾两次获布克奖，代表作《奥斯卡与露辛达》《凯利帮真史》等。

她很完美，她不需要男人。乔安娜记得妈妈在弥留之际是如何痛苦地走向死亡的。她将空余的每分每秒都用来弥补之前没有好好孝顺母亲的缺憾，她推着轮椅带妈妈去公园，为她大声读书，为她洗澡擦身。

一只亮丽的玫瑰鹦鹉扇着黄蓝相间的翅膀飞进打开的窗户，在它划过发际，停在水池上的瞬间，有关母亲的回忆消失不见。

埃默里女士笑起来。“哦，看看谁来了。是哈罗德。”她走到水池边，把手伸到小鸟面前，令乔安娜惊讶的是，它跳了上去。埃默里托起它走出门，它扇着翅膀飞走了。

“你不怕鸟，对吧？”她问乔安娜。

“不怕。”乔安娜的眼睛跟随玫瑰鹦鹉绕花园飞了一圈，停在了柠檬树上。她知道这样想很傻，但她忍不住想知道这只鹦鹉和诺亚走后那天清晨她看见的是不是同一只。“我猜你不太记得我的孩子了。”乔安娜说道。

“我完美的翘臀是没了——相信我，它以前很完美——可是这里还在，”她用手指了指自己的脑袋，“我什么都记得很清楚。”

“如果你能和我说说，我会很开心，求你，任何事都可以。”

埃默里女士说她能看见别人易于忽视的细节，这是真的。她从头开始说了起来——从她在格拉斯哥的机场安检处第一次看见躺在乔安娜臂弯里的诺亚开始。“不是所有的婴儿都长差不多样子的，”她说道，“他长了张可爱的鹅蛋脸，和你一模一样。好吧，所以他的眼睛像他父亲，但是别的地方都像他妈妈，甚至是眉毛。”埃默里仔细看了看乔安娜的眉：“漂亮的形状。从来不用拔眉毛，真幸运……我有一回就拔过头了。千万别这么干，别动你的眉毛！

我的就没能长回来……诺亚，你们第一次登机的时候他睡着了。”

乔安娜不记得这个了。

“我沿着走道走向我的位置的时候，我看见你抱着他，眼睛一瞬不瞬望着他笑。见你这样我有点难过。我没有过孩子。我从来没有这样爱过一个人。”

“我有吗？”乔安娜又忍不住哭起来。

“是的！你有。你是个深爱孩子的母亲。”

这是与往日不同的哭泣，乔安娜哭着哭着身体慢慢放松下来。

“他醒了之后你就给他喂奶。我在位置上都能听见他发出的声音。大口的吞咽！”埃默里学了起来。吧唧，吧唧，吧唧。“我很惊讶他居然能发出这么大的声音。他是个吵闹的宝宝。喂完奶之后，你把他放进舱壁的婴儿篮里，你在检查他尿布的时候还唱歌给他听。”

“是吗？我唱了什么？”

“因为你那么美……”

乔安娜接了下去：“我愿意为你做任何事。”

“他大概睡了十分钟就醒了。我承认他之后的确一直哭。你尝试了所有的方法。我希望当时能帮上你一点忙。我很抱歉。”

“我那时很绝望。”

“不是的。他哭了几个小时。你只是焦虑了。要是我可能就打开紧急出口把他扔出去了。我说笑的，对不起。但是那种哭声让每个人，尤其是每个女人都愿意做任何事，只要能让它停下来。这种声音对男人可没这种作用。对他们来说这就是噪音。你男人没能帮上什么忙。”

“没有吗？”

“我们降落墨尔本之前，孩子又开始哭起来，才哭了十分钟左右，他就给孩子灌了药。”

乔安娜用了好几秒才听明白最后几个字。之前的那些话是那么温情脉脉，她并没有准备好接收什么颠覆世界的讯息。

“他给了孩子药？”

“别难过。那架飞机上所有的孩子都被下药昏睡过去了。”

“阿利斯泰尔在我睡觉的时候给他喝了药？”

“哦，男人，立马就用上了他能借助到的所有帮助。”

“他让你帮忙了？”

“他喂药的时候让我帮忙抱着诺亚。”

“你记得他尝了吗？”

“孩子吗？”

“阿利斯泰尔在喂之前有没有先尝一口药？”

“他从头顶的行李架拿了箱子，取出瓶子，倒了一勺，然后我抱着，他喂进了诺亚嘴里。”

“他没有尝药？”

“怎么了？”

“告诉我！”

“他没有尝药。”

“你确定？”

“阿利斯泰尔穿了件灰色 T 恤，在袖口和领口都有一圈红色细边，裤子是迪赛的蓝色牛仔裤，白色运动袜，耐克 Air 系列跑鞋。他脑后的秃头范围直径是四毫米，他很担心别人会看到，不过他要是不把已经偏左的头发一直往左捋，别人也不会看见。整个旅途他都把手机放在右手口袋里。他每餐都要喝一小瓶红酒，甚至早餐也是。他脖子右侧有一块小小的星星状胎记。他没有尝药。我注意到他没有尝而你尝了。你没事吧？乔安娜？乔安娜。让我扶着你。我扶住你了。我扶住你了。乔安娜……”

收音机在喋喋不休。

“诺亚·罗伯逊一案出现了新的目击者。距离这个九周大的男宝宝从家人租来的车上被带走已经接近四周了，各界名人所出的赏金与捐款至今已经达到了七十五万澳元。警察称他们在竭尽所能查明两日前监控摄像于曼谷拍到的这名男子的身份……”

“那不是他。”乔安娜说道，却知道自己没能把音发清楚。

她听见了一声嘘和一声咔嗒。收音机安静下来。

埃默里女士不会嘘她。她不是那种会对别人嘘的女人。她会说一些完全不同的话。乔安娜睁开眼。

乔安娜倒吸一口凉气，声音大得把埃默里吓了一跳，站在她旁边的正是阿利斯泰尔。

乔安娜坐起来。

“你还好吗？”埃默里女士问道，“我希望你别介意，我从你手机里找到了阿利斯泰尔的号码。”

乔安娜望向窗外：美丽的花园，玫瑰鹦鹉仍栖在那棵柠檬树上。她正躺在埃默里家厨房的沙发上。

“嘿，老婆，你晕倒了。”阿利斯泰尔说道。

乔安娜本想用自己尚存的一丝微息出声抗议她不是他“老婆”，

却最终决定把力气留下，不要浪费在这种小事上。

“肯定是因为暑气，”乔安娜坐起来喝了一口埃默里女士递过来的水，“对不起，我一定把你吓到了。”

“你还喝了那么多香槟！我们回家吧，老婆？”

哦天哪，从她醒来他只说了两句话，这个词却出现了两次。他之前从没这样叫过她。是因为她已经变成了他曾经弃若敝屣的前妻了吗？他现在拥有她了？她的脑仁大幅摇摆着。幸好她的头骨足够坚强，才没有被脑子撞破。“好，当然。”

她抱了下埃默里女士，扶上阿利斯泰尔伸过来的胳膊，被护送到了车上。

“载我去吉朗。”乔安娜说道，从他开出停车位后就直视前方。她现在只想立刻飞去阿利斯泰尔说出那句“我每次都会先尝一下，乔安娜。你呢”的那条路。她现在只想立刻飞去他让自己误以为她杀了自己孩子的那条路。除此之外，别无他念。

阿利斯泰尔去收拾东西，办退房手续，她就等在车里。在他们开往西门大桥的路上，乔安娜合着眼睛，那句话在她脑中盘旋：我没有杀他，我没有杀我的孩子。

美妙的，令人心安的话语。她沉浸其中。

一开过大桥，视野一下子开阔起来，映入眼帘的是一大片平坦的荒原。那句话一下子被打碎无踪，放松的感觉也慢慢消退了下去。

阿利斯泰尔有一肚子的问题，他反复提问，无疑是为了收集事实。他的这位伴侣，将要与他绑定一生的这个女人究竟疯到了什么程度？

你没事吧？

你要喝点水吗？

你的头疼吗？

你从哪里找到你手机的？

为什么要去见她？你们都说了什么？

你没事吧？

为什么要见她？

你要喝点水吗？

你们两个到底说了些什么？

没事，不了谢谢，不疼，不知道，没有……被要求回答的时候，她就这样回答，不过她可能忘记了回答最后一个问题，因为她认出了那个地点。那条路堤。荒原。远处大火过境后的焦地。

“你为什么这么安静？”阿利斯泰尔问道。

在他们呼呼开过路堤的时候，乔安娜转身，手贴在了车窗上。她几乎能看见阿利斯泰尔站在租来的车的车顶，四处搜寻信号，而她自己在地上，按压着小小的胸口，口中数着，“一，二，三，四，五……一，二，三，四，五。”一遍，一遍，又一遍。

“哦，拜托，跟我说话，乔安娜。”阿利斯泰尔说道。

路堤和幻象都消失不见。她转回头，重新看向前方平坦的道路。“你为什么不告诉我？”

十字路口，左转。

“告诉你什么？”阿利斯泰尔在享受驾驶的快感：和往常一样，没有系安全带，放松地背靠车座，只用一只手操控方向盘。

“你给诺亚多喝过一次药。”

阿利斯泰尔瑟缩了一下，握住方向盘的手一下子攥紧，为了掩饰随即又松开，粗胖的手指击打着方向盘。“你在说什么？”

“你为什么不告诉我，在我们降落墨尔本之前，我在睡觉的时候，你又给诺亚喝过一次药？”

阿利斯泰尔绷紧身子，直起后背，车速加到了一百二十千米每小时。“这是谁说的？”

“埃默里女士记得。”

“那个老太太？你问了她这些事？我的天！她怎么会知道？”两只手都握住了方向盘。

“她知道。你没有尝药。”

阿利斯泰尔转头，给了她一个责备的眼神。“我们真的要重新回忆一遍这个吗？”时速已经到了一百二十五千米。

乔安娜以加倍冷硬的眼神对上他。“可你没有告诉我。”

时速一百三十。双眼移开，落在了路上。指节泛白，身子前倾靠向方向盘，与第一次他们驶过这条路时样子一模一样。

“你为什么不告诉我？”

脚往下踩。时速一百四十。躯体与头轻微摇晃。“看，这就是我不告诉你的原因。我就知道你会这样。你在做什么？和一个老太太谈这种事？”他狠狠踩下油门，“真他妈的该死！”

“承认你没有尝药。”

乔安娜在冗长的静默里等待，她几乎可以听见阿利斯泰尔的脑子为了想一个进攻计划在疯狂地转动。

他的计划是放松下来。“如果我没有又怎么样？”

乔安娜的眼睛仍在盯着他，不让他回忆起来她不会罢休。“那这一切都是你的错，阿利斯泰尔。”

飞快地瞥她一眼，又看回了前路。“我有责备过你吗？我有说过这是你的错吗？”

“可是这本来就不是我的错！”她喊起来，“是你的错。这么长久以来你都让我误以为是我的错。你让我相信我杀了我的儿子！”

“我从没说过这是你的错。”

“哦，你不就是这样的吗，阿利斯泰尔，总是如此谨慎地遣词造句。你从没说过那不是我的错。你让我坚信这是我自己的错。你知道，事实就是如此。你撒了那么久的谎，你已经不知道要怎么说真话了。你那晚根本没有看见一个穿防水衣的人，不是吗？你在未雨绸缪。如果事情失控了，就污蔑亚历山德拉。”

“一派胡言。”

乔安娜已经不知道他现在飙到了多快。非常快。

“我一直都在忍受这些乱七八糟的，乔安娜！”阿利斯泰尔大吼，“你那些神经兮兮的举动就像个疯子！我们在一起之后，你就越来越向那个方向发展，你知道吗？一天比一天糟心！整整四年啊，我无时无刻不在把你拉回正常的路上。我觉得这样。不，我觉得那样。哦，我不知道自己怎么想的，我不知道自己是什么感觉！现在我倒成了坏人了？这是个失误，一个意外！我们无能为力。我们的儿子死了。至于是谁干的，有关系吗？”

阿利斯泰尔每吐出一个字就踩一下油门，乔安娜的脑袋随着车子的运动一下往前冲，一下又往后仰。“这他妈有什么关系！”

乔安娜稳住自己的脖子。他的喊叫、责辱、车速，没有一样能吓到她。

前方路标：距阿瓦朗机场出口，两千米。

乔安娜豁然明白了要怎么才能从戏剧三角中脱身。

一个呼吸间，她就抓住了方向盘。

就像魔法一样，看着三角在拐角折断，散开成三根直线，散落出车外，其中一根在中途断裂开来变成了两根。

于是四根线，不是三根，在车子猛冲向阿瓦朗厚重的金属路标的那一瞬间，轻轻飘落到了地上。

真美!

乔安娜笑起来。

距离到达吉朗还剩两个十字路口。

24

乔安娜 三月三日

乔安娜转了转眼睛。

她转了转脑子：哦不，哦不，不，不。

她张了张嘴："告诉我，我死了。"

两个人影站到了她身边。"你出了车祸。"其中一个说道。

"你真是个幸运的女人。"另一个说道。

"不！"乔安娜尖叫起来，弓起背，伸手去撕胳膊上的针头。

那两个人影把她按在了床上。她们的身影慢慢在眼前清晰起来：一个女护士，一个女医生。

"车祸不是意外。"乔安娜喃喃。

"她神志还不清楚。真可怜。"按着她腿的那个胖胖的护士说。

"不，不，不！"她挣扎，却挣脱不开医生压住她胸口的前臂。

"冷静。这很可怕，我知道，但是你没事，一切都安好。"

乔安娜停止了挣扎。药物正在慢慢起作用。

医生放开了她，检查了一下滴注器。“乔安娜？乔安娜？你断了一条手臂和两根肋骨，注射吗啡会让你好过一些。”

“听我说……”

“如果你还疼，可以自己按这个按钮。”

“不，求你们！”她试图坐起来，但疼痛限制了她的动作。她大喊:“求你们，你们听我说话！”

“你知道我们还应该通知谁吗？”一个问另一个。

乔安娜冷静了一下，尽量不吼:“别，谁都别通知。听着，车祸不是意外。是我故意的。我认真的。我想要杀了我们两个。我为什么还活着！”

她抽泣起来。她还活着。没有人听她说话。

“你的安全带救了你。”医生亲切的笑容印在她眼中,那么刺痛。别这样笑。

“安全带？”她本来想解开的。她忘记了。医生将她的手从吗啡按钮上拿开，坐到了床沿，一脸的关怀与担忧。

“他还活着吗？告诉我。阿利斯泰尔死了吗？”

将乔安娜的一只手握在手里，医生用另一只手轻轻拂开覆在她眼睛上的头发，仿佛乔安娜是她亲爱的人。乔安娜想打人，不过她更渴望获得信息。

几秒之后，感觉乔安娜完全镇静了下来，医生点了点头，面带职业同情。

乔安娜攥紧医生的手，紧到医生疼得脸都变了形。

“那就好。”

PART Ⅲ 哭声

25

亚历山德拉

七月二十八日

我在赶时间。克洛艾今天不想去学校，所以征求了老师同意之后，我得先等爸爸妈妈过来照顾她再走。昨天出庭做证后，她心情就一直不好。同样,也困惑不解。她不知道为什么要她去做证。与发生在她身上的许多事一样，这对她不公平。

我要迟到了：坐电车就来不及了。

“伊丽莎白街，最高法院。”我对着出租车司机说道。

“你不会是要去听林赛案的庭审吧？”开过几个街区后司机开口问道。

“呃，是。”该死，我不想和这家伙讨论这个。

“你是认识她还是什么？”

“不认识。”

“你是记者？”

“不是，只是看个热闹。”我不打算深聊。去他的。

司机顿了顿，很想从我这里套出点消息。“我认识一个人和阿利斯泰尔·罗伯逊共事过，在圣基尔达路的一个公关公司，说他是个了不起的人。”

“下个路口右转，对吗？”

“你说对了。你听说有新的目击者出现了吗？”

“然后第二个路口左转。”

“对，我认识路。在加油站里，有个男的手里抱着尖声哭喊的婴儿——就在达尔文附近。我有个叔叔住那儿。那地方热得要命，得不停地喝水。监控里都看不清那个男人的脸。”

“谢谢。到这儿就可以了。”

“我不想这么说，不过我看那个婴儿和别的婴儿长得差不多。就算他在哭也不能证明他被绑架了。我是指他得有——到今天的话——七八个月大了吧？”

我递过去一张五十，站在他车窗边看他拖拖拉拉数零钱。“不过那个疯女人还真是有古怪，对吧？”

“谢谢。”我说完转身跑了进去。

我站到法院咖啡店排起的队伍里，在我前面的是一个苏格兰口音的金发女人。

她转头要走的时候，我认出了她来，在我用脸书小号窥探乔安娜生活的时候我见过她的照片——柯丝蒂，乔安娜最好的朋友。她看起来脸色憔悴，神情倦怠，头发也未经打理，一簇簇小卷着——一点不像之前发的照片里那样容色逼人。

与我目光相触的一瞬她笑了笑。我以为她一定认出了我。她说了声“不好意思”就拿着外带咖啡杯朝法庭走了。我回以她的微笑带了些许羞愧。之后她就会明白为什么，因为我即将被带到证人席上去。比起我，克洛艾要镇定得多。我想，她非常清楚自己想要说什么。而我则毫无头绪。

菲尔昨天来帮我刺探了一下法庭现场的情况。然后晚上的时候他告诉我埃默里女士、威尔逊夫人还有那个货车司机都说了什么，克洛艾在视频连线里看起来如何自信满满。下午的时候一个空姐被传唤上庭。显然，她把乔安娜描述得十恶不赦，在回忆飞机上情形的时候一直对乔安娜恶语相向。当她告诉乔安娜她的孩子影响到了其他乘客的时候，乔安娜一下子怒不可遏，她这样说道。乔安娜去找了几个乘客说理，抓着孩子的样子就好像他是“什么不想要的垃圾”，她对阿利斯泰尔也很凶。

我根据菲尔的描述认出了那个空姐（整齐的红色波波头，发顶一溜白发）。我走上证人席的时候，见她在和朋友窃窃私语，为自己昨天的十五分钟表演得意扬扬。我希望自己没有坚持让菲尔不要来。我需要他。

“林赛女士在车祸当天的早上去见过你？”辩方律师开始了。我双眼直视他，小心地不让视野里纳入其他人——尤其是乔安娜，我能感觉到她在盯着我看。她的律师长了一张我永远都不吝抨击的脸：年轻、精干，绝对是私立学校出身，也许是苏格兰学院，或者吉朗文法学校。

“她是去过。”

“为什么？”

“她说她想看看克洛艾和我在一起是不是安全，过得幸不幸福。”

“她说过这么问的原因吗？”

“她说她不想让阿利斯泰尔带走她。她说她会帮我。”

“那你怎么描述她那日上午的行为？”

“在我看来她精神完全正常。”我这样说不是为了伤害她。我说的是实话。我无意间瞟了乔安娜一眼，发现她在朝我笑。她对我微微点头致意。

年轻的马修·马克斯走到他桌前，翻了翻文件，假装在找什么。“对不起，我没有意识到……你是个有认证的精神病专家吗，罗伯逊夫人？”

“叫我多诺霍女士。”

马修抬眼看向法官，后者如他希望地回应：“请收回最后一句评价。多诺霍女士没有资格鉴定被告的精神健康。”

我这么说不是为了帮助检察官给乔安娜定罪，让她得到越残酷的惩罚越好。我这样说是因为我说的是实话。

“所以那天早上她来见你的时候，她的行为如何呢？”辩方律师问。

“她口齿清晰。说话有条理。”

乔安娜脸上的笑容和检察官一样灿烂，毫无局促。如果辩方律师问我觉得她现在的举止如何，我会说她一定是疯了。可是她那时不是，那天上午她很清醒。

“所以乔安娜·林赛在上午十点左右去见了你，说她不想让自己的丈夫带走克洛艾，说她想帮你。她有没有提到她和阿利斯泰尔·罗伯逊的关系？”

我在脑海中搜刮。她说了什么来着？“呃，她说了自己前晚给在格拉斯哥的咨询师打电话的事，然后变得有点激动……我觉得她有些焦虑，可以理解。”

我说出口的正是那个私立学校出身的家伙想让我说的。“我想要引用上述提及的咨询师，家住拉纳克郡南部拉瑟格伦的安妮·多彻蒂夫人的一段陈述，”他从桌上举起一张表，念了起来，“据她所称，林赛女士在其被指控的谋杀案发生前一晚给她打了电话，并且听起来——我引用原话——‘语调奇怪而且不连贯’。”

“可我见她的时候她不是那样的。”我说道。

“或许吧，罗伯逊夫人，但你是不可能说她疯了的，不是吗？你不可能想我的委托人被鉴定为精神失常，因为她偷走了你的丈夫又杀了他，让你深爱的女儿失去了父亲。你想要法律全力地惩罚她。你想要她被判定为谋杀罪，而不是过失杀人。”

“反对！”我不知道这句话是谁喊出来的。我浸在汗里，浑身发抖。我想回家。乔安娜的反应看起来和我一样：气愤不已。我能从她的肢体语言看出，她和我一样讨厌她的律师。在法官回应反对之前，乔安娜的律师就以胜利者的姿态坐回位置，一句“我没有其他问题了”，合上了文件夹。

我从证人席走下来，到最后排找了个位置坐下，这期间法庭一片死寂。令我惊讶的是，乔安娜的朋友柯丝蒂竟在我走过时朝我理解地笑了笑。时间有一瞬的停滞。所有人都在等书记员说话。最终，他开口了。

“法院传唤乔安娜·林赛上庭。”

乔安娜在站起来之前摆弄了一下裙子。

“林赛女士，能请你走到席上来吗？”法官的口气很和善，显然她认定自己是在和一个疯女人打交道。这就是整件案子围绕的主题——她是否精神失常——而我不可否认她现在的表现像个彻头彻尾的疯子。

“当然可以。”乔安娜说。坐在前头的法庭画师开始在速写簿上簌簌画起来。乔安娜穿了一件反基督的衣服，就好像她特意想让所有人都讨厌她。昨天她穿了件黑色迷你裙和白色无袖紧身上衣。今天，是一条一侧开衩的无袖红短裙，裙上还有裂口。画师描绘着这个穿放荡红裙的杀人犯。乔安娜站直身子，转身给了画师一个微笑。然后她看向法官，开口：“只要是我下了决心的事，我都会做到。”

记者们在光明正大发推特，看客们则偷偷摸摸做同样的事。好奇心占了上风，我也在她慢慢走向席上做宣誓的空当，偷偷看了眼 # 乔安娜·林赛 # 的跟帖。

菲奥娜·麦克@菲奥娜·麦克

要减责我就呵呵了#乔安娜·林赛#

哈里·迪恩@h迪恩

这个女人绝对是疯了。#乔安娜·林赛#

鲍勃老爸@鲍勃老爸

她在笑。#乔安娜·林赛##乔安娜·林赛是恶魔#

鲍勃老爸@鲍勃老爸

她看起来像恶魔#乔安娜·林赛##乔安娜·林赛是恶魔#

ABC新闻@ABC新闻

关注我们获取案件最新进展#乔安娜·林赛#

鲍勃老爸@鲍勃老爸

不懂昨天飞机上那个女人为什么要为她说好话。她颠晃自己的孩子。#乔安娜·林赛#

珍妮弗·韦斯顿@写书人珍妮弗

回复@鲍勃老爸 还杀了自己丈夫#乔安娜·林赛#

鲍勃老爸@鲍勃老爸

回复@写书人珍妮弗 不应该因为她自首就减刑#乔安娜·林赛#

菲奥娜·麦克@菲奥娜·麦克

回复@写书人珍妮弗 @鲍勃老爸 就算她真的疯了也不应该减刑。#乔安娜·林赛#

鲍勃老爸@鲍勃老爸

回复@菲奥娜·麦克 坏，不是疯。是坏。#乔安娜·林赛##乔安娜·林赛是恶魔#

乔纳森·米切尔@新闻界强尼

我当时和她在一架飞机上。她完全失控了！#乔安娜·林赛#

简·麦克唐纳@简x麦克

在爱丁堡她和我在一个母乳喂养小组。#乔安娜·林赛#

鲍勃老爸@鲍勃老爸

回复@简x麦克 真的吗？她什么样？#乔安娜·林赛#

简·麦克唐纳@简x麦克

回复@鲍勃老爸 最好的形容是——疯疯癫癫。#乔安娜·林赛#

鲍勃老爸@鲍勃老爸

我听说她在吉朗把一张寻人启事撕了下来。你为什么要这么干？#乔安娜·林赛#

乔纳森·米切尔@新闻界强尼

回复@鲍勃老爸 因为你是个疯子#乔安娜·林赛#

理发师塔尼亚@理发师塔尼亚

还是觉得是她杀了诺亚小宝宝。

可惜www.lonniebabytheevidence.com这个网站被封了。#乔安娜·林赛#

乔纳森·米切尔@新闻界强尼

她绝对把那个小宝宝也杀了，罪不可恕的*子。#乔安娜·林赛#

农娜·安杰拉@农娜·安杰拉

她杀了诺亚宝宝。是绑架才怪呢。罪不可恕的*子。#乔安娜·林赛#

迈克老师@迈克·威尔克斯

哦行了吧大家。别这样对她。她失去了她儿子。#乔安娜·林赛#

伯蒂豆子@伯蒂豆子

同意@农娜·安杰拉 她杀了诺亚宝宝。是绑架才怪呢。罪不可恕的*子。#乔安娜·林赛#

吉姆·格罗夫斯@吉米罗斯

诺亚·罗伯逊和诺亚·罗伯逊的故事有什么区别呢？故事里的他会长大。#乔安娜·林赛#

伯蒂豆子@伯蒂豆子

回复@吉米罗斯 啊哈哈。我都不知道贝拉赖恩半岛上还有澳洲野犬。#乔安娜·林赛#

鲍勃老爸@鲍勃老爸

我的天！你们看到她穿的是什么了吗！！猩红黑寡妇。#乔安娜·林赛##乔安娜·林赛是恶魔#

鲍勃老爸@鲍勃老爸

看见了吗？她起誓的时候脸上诡异的笑容。笑得张狂。#乔安娜·林赛##乔安娜·林赛是恶魔#

我被这些评论恶心到了。我把手机收了起来，庭上检察官正在问乔安娜是否清楚自己为何会在这里。她瘦得皮包骨头，最多只有118磅。她的头发紧紧束在脑后。她的妆容浓重过头了，尤其是眼线又黑又粗。她穿着我见过最放浪的裙子。她在笑，或者，他们说得对，她在张狂地笑。她口中念着法庭守则，实际却反其道而行，没有一条做对了。

是的，她绝对在得意地笑。

乔安娜坐了下来。

“林赛女士，你已经对自己谋杀阿利斯泰尔·罗伯逊一事供认不讳。”检察官宣布道。

乔安娜那位年轻的男律师跳了出来。“反对！林赛女士承认自己是过失杀人，要求减轻责任。如昨日呈交法庭的精神鉴定报告所示，林赛女士当时精神并不正常，现在也仍旧处于精神失常状态。”

法官：“反对有效。请修改措辞，马多克女士。”

“好的，法官大人。林赛女士，如马克斯先生方才告知我们的，你的辩护理由是你处于精神失常状态，所以不能负全责。那如果让你向这个世界宣告你是个疯子，不知道你怎么想呢？”

马修·马克斯再次跳出来，可乔安娜对他摇了摇头。

“我知道我的律师和精神病专家是怎么说的——他们说我受着创伤后应激综合征的折磨，自从……诺亚……在诺亚出事之后。他们说我有严重的抑郁症，说我为回忆所困，说我会出现幻觉，说我行为举止古怪。好吧，也许我是，但这全都与此无关。我不是因为创伤后应激综合征才杀了阿利斯泰尔。我杀了他是因为我想要他去死。我又在胡言乱语了吗？没有。我愿意为此负全责。我想要接受惩罚，”她说道，“以谋杀的罪名给我定罪，因为我确确实实谋杀了他。判决我终身监禁，因为我罪有应得。这是我的错，全部都是我的错。诺亚没有错，虽然他不停地哭；阿联酋航空的员工没有错，虽然他们不肯施以援手；机场安检也没有错。”

“机场安检？”检察官问道，“这是什么意思？”

“我的意思是我愿意负全责。为什么要你们理解这句话这么难？别听我年轻的律师自作聪明。不要听任何人的话，除了我。我杀了他。把我带走。把我关起来，”乔安娜浑身战栗，“我的天，求你们了！”

法庭内一阵骚动。她让在场的每个人都不自在起来，不是因为她彻底疯了——虽然毫无疑问她是疯了——而是因为她坦然接受指控的姿态让这些心怀恶意的看客酝酿好的毒液完全失去了用武之地。

乔安娜的律师坐在前排，神情愉悦。哈利路亚！正如他所希望的，他的委托人表现得不能更疯癫了。

“你是说你杀他的时候清楚自己在做什么？”

“对！”怒火烧干了她的眼泪，“为什么要我重复那么多遍？要判决我有罪就这么难？我清楚他没有系安全带。我清楚车子开到了时速一百四。我就想杀了我们两个人。我抢过了方向盘。我让车撞向了路牌。”

“可你自己却系着安全带？”

“这是我自己造的孽，我必须承受。我忘记解开自己的安全带了。我记性不好。我是笨蛋。”

听到回答，人们在座位上不安地扭动。

“你是否向警方供认过你谋杀了自己的伴侣？”检察官问。

“我的天，难道我说的不是人话吗？是的！我向所有人承认过我的罪行。”

又一轮的短信发送和推特更新。画师换了一页纸，开始重新勾画。

“为什么，乔安娜？你为什么要杀了他？”检察官问道。

乔安娜犹豫了，在开口回答之前努力想答案：“我杀他是因为我一秒也不想和他多待下去了。”

“法官大人，我请求暂时休庭。”乔安娜的律师站起来，一副担忧不已的样子。我觉得他请求休庭不是因为他的委托人在上面煎熬难受，而是为了坐实乔安娜精神失常的辩护理由。“我的委托人显然很痛苦，她需要休息。”

“我唯一肯定的事就是我不痛苦，我还能接着说！”乔安娜怒吼。

法官长久审视着乔安娜，似乎最终认可了她状态不是很好：“暂时休庭，下午两点重新开庭。”

我不能在这里待到下午，克洛艾需要我。更何况，留在这里对我、对任何人都没有好处。是时候放手了。

乔安娜还没有被带出审判庭。昨天出庭做证的那个老太太，埃默里女士，走到了前面去和她说话，她握住了乔安娜的手。乔安娜目光恳切地说了些什么。我揣度着她的唇形——乔安娜说谢谢。她抱了一下老太太，后者随后故意从我身边走了过去。

我必须离开这里。我必须向前看。我想见克洛艾，想见爸爸妈妈，想见菲尔。

我想要甩掉现在盘踞心中的感觉：为她难过。

我想要找回已经离我而去的感觉：愤怒。

我刚在现实里找回了一点感觉，就听到一个女声喊我名字。

她气喘吁吁追上我。“亚历山德拉，”她说道，“我是柯丝蒂·麦克尼科尔，乔安娜的朋友。如果你不想和我说话我也能理解，但我还是想问一下有时间一起喝杯咖啡吗？”

一时拿不定主意，我看向手腕，才记起自己不戴手表很多年了，随即说：“当然。”

我们在伯克街一家老式咖啡馆的小隔间里隔桌对坐，咖啡摆在桌前。“乔安娜有东西让我给你，”柯丝蒂说着，从包里拿出一个包裹，“我不知道里面是什么，不过我答应了会转交。”

我接过来，忍住没撕开。她到底会有什么想给我的？

“你比任何人都有理由恨她，”柯丝蒂说道，“但是……”她开始哭起来，从纸巾盒里抽了张纸巾，小心地擦拭滴到眼下的睫毛膏。“哦，没事。你应该恨她。她是个笨蛋。”

“你想说什么？”

“认识他之前乔安娜是个多好的女孩！”这回她的睫毛膏完全没救了，黑色液体从这位忠实的朋友浓密的睫毛上滴下来，“我们一起上幼儿园的时候我就认识她了。她笑起来很甜！之后我们就一直亲密无间，除了她偷偷摸摸和他在一起的那段时间。她妈妈也是一样的人。很善良。我知道你很难相信她不是人们想的那样。但她真的不坏。那个该死的男人……就和她爸爸一样。对不起。”

“不,不,没关系。”我又递给她一张纸巾。她实在需要擦一下脸。

“我说她是好人，不只是说说，她确实是。认识他之前，我不记得乔安娜说过一句谎。她风趣，快乐。我那时候真的很喜欢她。”她笑了下，擦了擦眼睛，“我该放你回家了，嗯……我确实不知道那包裹里面装了什么，不过如果你想和我说话，这是我的名片。”她收回手的时候，打翻了一只玻璃瓶。

“我就是这样：瓷器尽碎，布料开裂。”她说着，把玻璃瓶放了回去。

“你说什么？”

“啊，没什么，这是我喜欢的诗里的。”

对了，菲尔总是引用的那首。他的“亚历颂”。“那首关于一个笨蛋的诗。”我说道。

“不，不。那是首爱情诗。他爱她。”

柯丝蒂将名片递给我，放了十澳元纸币在桌上付咖啡的钱，然后伸手和我握手。目送她离开，我低头看名片：柯丝蒂·麦克尼科尔，活动策划经理，以及一个在伊斯灵顿的地址。我把名片留在了桌上，向车站走去，她最后一句话让我想起了菲尔，于是笑起来。

那是首爱情诗。他爱她。

当然，我等不及回家再拆包裹。我登上 19 路电车找了个位置坐下，电车晃晃悠悠穿过城中，驶入卡尔顿，我打开了它。里面是一只睡衣香蕉人玩偶、一张手写便条和一封打印信。

便条写着：

亚历山德拉：

这个包裹在阿利斯泰尔的公文包里。我觉得应该给克洛艾。

我希望自己可以找到更好的词，但是我真的真的对不起，我为这一切道歉。

乔安娜

信则是打印在单张 A4 纸上的。我告诉自己有必要在给克洛艾之前先看一遍，以免阿利斯泰尔说了什么可能让她难过的话。

我亲爱的克洛艾：

你是我在这个世界上最重要的人。这一点永远不会改变。我永远是你的父亲，你永远是我最爱的女儿。

你是闪闪发光的，克洛艾。无论你在哪里，人们都会不由自主被你吸引。不是因为你是这个世界上最美的人（虽然你确实是），不是因为你是这个世界上最聪明的人（虽然你确实是），而是因为你是我生命中最重要的人。我愿意往后余生，每天看着你，听你说话。

在你的小弟弟出事后，我这些天一直很煎熬。我不想你看见我这个样子。但是我很快就会去看你的，我亲爱的小女儿。我会去看望你，我会努力去做一个好父亲，做一个我理想中的父亲，做一个你需要的父亲。

我想让你为我做一些事，克洛艾。你可以努力试着不要因为诺亚的事，因为那些你无法得知的真相而意志消沉吗？比起愤怒与失落，我更想你试着与他相连，用心感受他——当你在花园里的时候，与你的小动物玩耍的时候，或者你抱着他最喜爱的睡衣香蕉玩偶的时候，可以吗？这不是忘记，也不是放弃。这是爱，是重生，就像烧焦的草木一样逢春而生。这也是诺亚所希望的。

我爱你，永远。

爸爸

这封信充满了阿利斯泰尔的气息，从措辞到结构到那些曾让我幸福到飞起来的甜言蜜语。甚至它确实是打印出来的——经过了反复修改以达到完美。可还是有地方不对劲。我说不出确切是哪里不对，但我感觉不安。

克洛艾放学回来的时候我正在读第二遍。

“庭审怎么样？”她问我。她哭过。她看起来那么伤心难过。她确实意志消沉，愤怒而失落。我唯一想到的就是当初阿利斯泰尔的信带给我的感觉：欢欣鼓舞，美妙绝伦。我真希望自己从没有发现它们原来是一堆空话。

“宝贝，”我说道，“我有东西要给你。是你爸爸给你的。”

26

乔安娜｜两年后

到时间听诺亚的声音了。

重返格拉斯哥后，乔安娜才发现自己曾偶然间录下了他的声音。“重返”是个委婉的说法——她是被驱逐出境然后关进了一个专为疯子设立的机构。这是她返乡的真相。待在医院的第一个星期，她每天、整天都循环播放诺亚的声音。在医院里听他的声音是痛苦的折磨，所以他们收走了阿利斯泰尔的手机。

咨询师并不完全是个傻子，但乔安娜觉得自己没必要再见她了。她还去见她是因为不得不去。她必须去见她，她必须去见刑事司法社工，她必须去看医生，她必须吃那些抗抑郁药。

上回见过咨询师后，她宣布乔安娜可以拿回手机了。“但是别听那个录音，”她说道，“你不该助长你的痛苦。或者，如果你一定要听，定下次数。每天花半小时来哀悼，然后听一次录音，但是不要像你在莱文纳德医院那样整天听。”

“我现在不痛苦了。”乔安娜说道。

咨询师并不相信她：“怎么会？”

“你读过《安娜·卡列尼娜》吗？”乔安娜问她。

“没有。”

“它的主题是：‘你不能把自己的幸福建立在别人的痛苦之上。’”

咨询师点头示意她继续。

“亚历山德拉和菲尔一个月前结婚了，克洛艾是伴娘。网上有照片。”

咨询师又点头。

乔安娜笑起来：“他们很幸福。”

咨询师迷惑：“你在说什么？”

“我是说我可以在他们的幸福之上重建自己的生活了。”

一段时间后，乔安娜种下了两棵蒲桃树。一棵长到了六英尺，就种在了她在格拉斯哥波洛克谢尔兹古色古香的石墙花园正中。

好吧，第二棵不是她亲自种的。但她买下了那棵树如今落脚的那块地，然后问埃默里女士是不是可以帮忙种棵树。埃默里什么也没有问，就帮她种下了。

第二棵现在已经有十二英尺高了。应该是得益于澳大利亚的太阳，她想。她知道这些是因为菲尔的脸书相册是公开可见的。一个月前他发了两张在希勒斯维尔保护区举行婚礼的照片，上周发了一张他在波因特朗斯代尔的后花园的照片。

菲尔家闻名的周末烧烤派对！照片上方写着。照片里，菲尔在给他的妻子倒香槟，两人都在大笑，旁边是摆满香肠和汉堡肉的烤架。克洛艾躺在木屑堆上的一张躺椅上，肚子上依偎着一只可爱的小猎犬。天空是深蓝色，埃默里女士种下的那棵树从后侧栏杆探出身子，树上爆出了漂亮的粉色果子。

乔安娜下载了照片，放大后察看树上。

啊，在那里，一根枝条上，有一只翅膀黄蓝相间的亮红色玫瑰鹦鹉。

乔安娜决定把哀悼仪式定在早上五点到五点半。在澳大利亚，那差不多是午饭时间。现在英国是夏季,这个时间太阳已经升起了。

她吃了八口天然酸奶，在起居室练了二十分钟瑜伽。她读了十七页书，比上一次读进去的多得多，这很好。

她看了眼时间：四点五十三分。烧烤应该准备就绪了。

她在蒲桃树下铺了张毯子。她戴上耳机，又确认了一下时间。

这段录音是乔安娜发给阿利斯泰尔的语音留言。她不确定，但她想应该是在出发前的一两天打的电话。“只是想打给你确认一下你到家的时间，”乔安娜在电话里说道，“回我电话哦。爱你。”但她没有立即挂掉，里面录了两分钟诺亚的声音。哭声。

在乔安娜等待指针指向五点整的时间里，她想起了母乳喂养小组里一位妈妈的话：“他在试着用他美丽的小嗓音和你交流呢，你只需要倾听就可以。”

她不安起来。诺亚还活着的时候，他的哭声快把她逼疯了。她觉得他不开心，他在批判她，朝她喊：你没有一样做对了！但现在她相信了那位妈妈说的话。他只是在呼唤她。

乔安娜闭上眼，集中起注意力：菲尔和亚历山德拉满脸笑容。克洛艾躺在木屑堆上的躺椅上，在蒲桃树的荫蔽下。那只玫瑰鹦鹉。

她按下播放键。

FONGHONG
凤凰联动出品